U0839657

日子里的甜

晨 曦 著

西泠印社 出版社

图书在版编目(CIP)

日子里的甜 / 晨曦著. -- 杭州 ：西泠印社出版社，2024. 11 -- ISBN 978 - 7 - 5508 - 4633 - 3

Ⅰ. ①那… Ⅱ. ①榆… Ⅲ. ①诗集—中国—当代 Ⅰ. ①I227

中国国家版本馆 CIP 数据核字第 2024TC7268 号

日子里的甜

晨　曦　著

责任编辑　杨　舟
责任出版　冯斌强
责任校对　曹　卓
出版发行　西泠印社出版社
（杭州市西湖文化广场 32 号 5 楼　邮政编码　310014）
电　　话　0571-87240395
经　　销　全国新华书店
制　　版　杭州敬恒文化传媒有限公司
印　　刷　浙江海虹彩色印务有限公司
开　　本　889mm×1194mm　1/32
印　　张　7.5
书　　号　ISBN 978 - 7 - 5508 - 4633 - 3
版　　次　2024 年 11 月第 1 版　第二次印刷
定　　价　78 元

版权所有　翻印必究　印制差错　负责调换

人生的如果（代序）

每个人生都是或长或短的一部连续剧。

人人均为剧情的主角，至于演得是否精彩，除了自身的努力外，其他外在的环境、条件、机遇，往往成为决定因素。正如哲学所述“内因是事物发展变化的根据，决定了事物发展的基本趋势和方向；外因是事物发展变化不可缺少的条件，有时外因甚至对事物的发展有着非常重大的作用”的辩证关系，对具体的个体来讲，现实中并不完全如此，好多情况下更凸显外因的作用。

当然，这部连续剧的剧本也不像写文章那样可以多次修改删减。尽管每一天每一年的剧情各不相同，可也无法去改动任何的情节，在冥冥之中似乎早有定数，像是一趟说走就走的旅行，都有一个明确的起点，但没人能预知终点在何处。

人生没有“如果”，要是谈“如果”，也仅只是一种假设或者空想，因为现实已经为每个人给出了无可辩驳的答案。只不过人到了一定年纪，回首过往旅程，对有的关键时点和转折环节进行复盘，设想一些人生的“如果”，算是自娱自乐，也无伤大雅。

那时候，改革开放的春风刚刚吹进偏僻闭塞和贫困落后的山乡，尽管有清新的空气和优美的环境，但人们依然要为温饱而艰辛劳作。你，恰是那位梦想追风的少年。那时，你正就读于一所硬件设施简陋、师资力量薄弱的初中学校。当你进入初三新学年时，学校分配来了三位从正规师范学校毕业的教师，分别教授语文、数学及物理和化学课。这三位年轻教师的到来，既给学校带来了年轻活力，又大大提升了学校的教学实力。得益于此，你在全县中考时取得了较为理想的成绩，成为全校唯一如愿考上高中的学子。那时考高中的难度，堪比当今考985、211大学。如果没有这三位新教师的到来，你还能如愿考上高中吗？在多数确定的情形下，答案基本是否定的。那么，你的人生之路又会是怎样的呢？你，借风飞翔，多么美好又充满憧憬的少年时光！

就这样，你来到一所环境优美、校风纯正的山区中学，开启了高中三年的学习生活。高二新学年文理科分班后，一位师德高尚、精干敬业、爱生如子的英语教师担任了你所在班的班主任。那时，你的英语成绩是所有科目中最差的，每次测试只能得五六十分。对此，班主任给你在学习方法和技巧上进行了专门的指点和启发，并给予鼓励，从而有效地提升了你对英语的兴趣和学好它的信心。从此你开始了争分夺秒、奋起直追的征程。时光在紧张有序的学习生活中悄悄地流逝着，历经近一个学年的刻苦追赶，你的英语成绩终于大有起色，超过了班里的大多数同学，从一名艰苦的跟跑者华丽转身成为最先看见新风景的领跑者。高考那年，你英语获得了92分的高分，为顺利考入全国重点大学奠定了良好基础。如果那时的班主任不是这位英语教师，那么你的英语成绩能如此突飞猛进吗？还能如愿考入心仪良久的那所大学吗？你，拥有一副能飞出大山的隐形翅膀，何其有幸！

一个国家和社会的大环境，有时候对一些人的前途命运来说，其影响是决定性，甚至是一辈子的。那一年春天，正值大学毕业谋求职业岗位之际，你所在的学校组织了大型的毕业生与需求单位双方见面会。在这次见面会上，刚恢复组建不到两年、急需补充人员的省级监察机关单位也到你的学校招聘。经过档案资料审核、面谈等环节，决定招录管理系和经济系具有党员身份的毕业生各1人，并签订了录用协议。你本想万事俱备，只等7月毕业时间一到，就可以顺利地去那儿报到上班了。可是，天有不测风云！因为当年的一场政治风波，上级一纸令下，明文规定：当年大学毕业生一律不能进省级机关工作，不包分配、自找出路。行将跨入社会的你，便遭此当头一棒，咫尺之遥的工作岗位也就彻底旁落。大多数的同届大学毕业生同你一样，开始自谋工作岗位的奔波旅程。如果那年没有发生这场风波或者发生的时间在7月之后，那么你就会稳稳当当地在省级机关履职谋生，日后的爱情、婚姻和家庭等就会有不同的轨迹。那时那刻，区区学子的你只能徒叹奈何。

命运之神终究不会永久地亏待你。在历经两年乏善可陈的工厂上班生涯后，那年的初夏，省城人事部门发布了面向社会公开招考选调70名市级机关干部的公告，相当于现在的公务员招考。通过自身的才华能力改变人生命运的机会再次降临，你以总分154分的成绩在1000多名竞争者中位列笔试前三名，远超117分的选调体检分数线。最终，你通过了体检、面试、考察等环节，如愿进入市级纪检机关工作。那时的你，风华正茂，青春正好，意气风发；而今的你，却是丝丝白发见证岁月的沧桑，条条皱纹印记人生的积淀，而这些恰好是三十多年纪检情缘的佐证。如果那年你没有成功，依然在那个连工资按月发放都成为难题的企业谋生，日后的人生又会是怎样一种境况呢？又如果，没有报考纪检机关，你这个在省城一丁点社会关系都没有的农家子弟，即使成绩最好也能得偿所愿吗？在关键时刻尽显才华的你，真的好幸运！

那一年，春节长假前的最后一个工作日，临近下班时，有市领导亲自把你叫到他的办公室，征求你是否愿意去有着“诗和远方”美誉的文旅部门主政的意见，当时你的回复是服从组织安排。随后，有两位识人惜才的领导向时任市委主要领导和组织部门倾力推荐你，最终就差临门一脚。据说，理由是市委主要领导觉得你已经50岁出头，年纪偏大了。如果那次成功转岗去了文旅部门履职，你肯定会重燃干事创业的热情，迸发甩开膀子开创新局面的活力，以崭新的奋斗姿态和精神面貌迎接全新的挑战，老骥伏枥、壮心不已，重塑一段激情燃烧的岁月！幸或不幸，无可置评。

以诗歌的语言记录美好，感悟人生，赞美善良，珍惜拥有，感恩遇见。这是你日常工作生活中的兴趣爱好，也是对人生对世界对事物感悟的一种方式。庚子年初，疫情肆虐；神州大地，形势严峻！置身其中，时常寝食不安；举国上下，奋起抗击疫魔！此情此景，那时那刻，你觉得必须拿起手中的笔去传递正能量、讴歌逆行者；增强必胜信心、鼓舞昂扬斗志，以助力抗击“新冠疫情”，因此，你接连创作了《在春天等你》《春暖花开的时候》《那一缕胜利的曙光》等以抗疫为主题的诗歌，并通过媒体平台予以播发，引起了较好反响。此后，有不少朋友对于你保持着写作诗歌的情怀和心态，觉得难能可贵，纷纷鼓励你将诗歌结集出版。于是，就有了 2020 年 12 月《春天在赶路》这本诗集的正式面世，由此也进一步激发了你对诗歌创作的热情和灵感。如果没有你在这场疫情中迸发的热情，你的诗集就不会这么快面世，你也不会成为省作协的一员，更不会成为有一定知名度的诗者，顶多只是一位默默无闻的诗歌写作爱好者和自娱自乐者。命运之神为你打开了一扇新窗，时光再次充满诗情画意！

人生的出彩，需要合适的舞台。于你而言，在工作之余重新拾掇起诗文写作的兴趣爱好，也不失为一种自我认同的人生方式。由此，你勤于笔耕，陆续创作了一批诗歌作品，直至今天你的第三部作品集即将付梓，这也可算是对你高中时代种下的文学创作梦的心灵慰藉。如今，你时刻在内心里效仿曾经的俗世雅客，在诗歌的字里行间放牧心情；又以虔诚的神情拜谒过往的山水闲人，在岁月细碎的眉眼间临摹人生。这样的日子，也不失诗酒年华的惬意！

……当更深露重、夜深人静时，你细听着时光流逝的声音，终于明白和释然：所有的当下，皆为最好的安排；所有的遇见，便是前世的缘分。人生一路走来，可算平坦安顺。这得感谢沿途众多给予你关心关爱和帮助支持的人们，常怀感恩之心，常思福安之源，常做报答之行。

人生路上从没有后悔药，也无回头路，谁都无法重走一遭。对于你、对于他、对于每个人，承认现实，适应现况，摆正心态，过好每一天，这是最重要的。宿命也好，命中注定也罢，你必须认命，老老实实地向命运之神低头臣服。正所谓：命里有时终须有，命里无时莫强求。谁若违逆，诸事堪忧！

当然，生活需要继续，时光无法暂停。你眺望窗外，新雨过后的春光如此明媚亮丽，恰如你此刻的悠然自得和心旷神怡。缘此，今晚，你自当饮烈酒三杯：

一杯敬过往，岁月不羁，存留印记，江水东流，无负韶华；

一杯敬当下，知足常乐，珍惜拥有，勤勉踏实，无愧俸薪；

一杯敬未来，心存美好，清风徐来，念念想想，无枉人生！

晨曦

2024 年 3 月

目录

岁月颂歌

时光剪影

馨香寄情

河山抒怀

人生碎语

第一章

岁月颂歌

春日碎句

我刚把春色披上马背
春天就在旷野里撒起了欢
春风铆足了劲开始奔跑起来
黎明的霞光喝足了露水
像年轻的母亲　慈爱地
滋润着萌动的花蕊

沉默的山峦
刚褪去寒冷的阴霾
露出一丝渴望春天的脸色
而梅花这位忠实的守望者
总是小心翼翼
在枝头报春吐芳　恰似我的柔情
不惧冷霜冻雪铺路
也拥抱春光绚丽可人

北地的冰雪开始消融
我在江南听见雁阵声声
在湛蓝的空中　回荡

串串思念的音符　俯看人间
时光碰撞出回响　此时
有人虔诚地奉上
整个春天　跪倒在神明的膝下

2023.2.27

望春风

寄一封云中锦书
给春天，我知道

她正穿越冰雪的沼泽
朝着那些寒冬里
依然开启的心窗前行

我站在窗口望春风
从　打烊的田野
沉寂的枝条
枯瘦的河水
稀疏的鸟鸣中　搜猎春天
那些细细碎碎的踪影

望啊望，我看见
孤山的梅花纷纷落下

那花瓣坠地的声音
拨动早春的神经，没多久

春天的雨滴，就压弯
装满心事的柳枝

而我的思念
在草尖上借风起舞，并
寻找一个个明亮的清晨

我明白，她将
带着细雨奔跑，唤醒
成片的河山和无数生灵

在三月的和风里
一路播撒葱茏滴翠
那桃花灼灼紧随左右
似有柔情千重

2023.12.27

春风醉

澄澈的清江水
静缓地向东流啊
绵延数百里　醉了
两岸青山　倒映在水中
不愿醒来　在春风的抚拂里
醉了斜柳依依
也醉了黄昏与月白

这江水　一路流啊流
便流出了人间烟火气袅袅娜娜
醉了春风数里
也醉了鸟儿　栖息在枝头
不再向往飞翔的天空
只顾侧耳谛听
那流水在交头接耳

清江水啊不停地流
流过了秋冬春夏　朝暮晴雨
见证了兴衰更替　寒来暑往

也仰望过日月星辰转动
刻录一场场流星雨
在天边闪烁　恰是
人间的喜怒悲乐生生灭灭

在今日的春风里
我的心情　独自醉了
如若江岸边盛开的桃花
不为别的　只因你
曾经撒下的种子
已经长成多愁善感的雨林
为我梦里撑起一片绿荫

因那春风醉
醉在春日温情的臂弯里
如嫦娥轻舒广袖
也醉在春雨绵绵的氤氲里
像灿若桃红笑靥如花
祈愿这春风　渡你
渡我　命运中或大或小的劫波

2022.7.18

五月的碎语

初夏的热情如期而至
今夜，你苦苦等待的人
可否会踩着月色而来
至今仍然没有确切的音讯

风，当然是自由的
柳枝摇曳是她绿色的衣裙
月季花在马路两侧风姿绰约
有的灵魂因此迷失在情路上

众多奔忙的身影肩扛风尘
在拥挤的人间擦肩而过
农历十五夜的这轮圆月
应和着蛙声阵阵守候黎明

这世界有许多劫难
一半是宿命　另一半
则因贪欲而生
能救赎的只有自己这座本尊

盛情之下，夜晚的河水
载不动满天的星斗和你的孤单
火红的石榴花明天就要开放
谁又会顾怜你曾经的悲伤

2023.5.5

秋蝉吐凄音

借着暑热余威
在初秋　阳光
依然灼人急切
可，当黄昏
一记哨响
微凉的风
赶紧吹醒暮色
由远及近　缝合
天空与大地
连同你我
一并踏入
夜晚的节拍起舞……
秋蝉，急促如泣
凄音声声入耳
那节奏
单调　突兀　刺耳
失却了夏日时
激越亢奋的情绪
似乎在为生命

即将终结而悲鸣？
秋雨将至
这凄音，也给
今夜平添一份
对命运　对世道
无奈无助的悲悯

2023.9.14

秋雨敲窗

初秋的夜雨　缠绵任性
敲打着谁家的窗棂

那剪不断的雨帘
恰如谁，思念绵延恒远

微凉的风有点轻佻　夹带
暑热退场的一丝暗喜

稚嫩的恋情被无端淋湿
从此，就难见天日

秋雨连夜敲窗　惊动
高原上的无数经幡猎猎不眠

雨夜的窗前，可有谁
在静听这世间的疾苦声

终于明白，众生的痛苦和快乐
并没有不可逾越的鸿沟

这整夜没停歇的雨，众目睽睽
还未到谈论善与恶的地步

雨点一滴又一滴，落在心上
溅起旧梦独自在暗夜凌乱

那天灵魂出走，跋山涉水
疲惫如花墙下枯黄残留

当秋阳高照，我要去探觅
那个能滋养信仰和爱的窗口

2023.8.31

秋风里总有一丝悲凉

那一年
秋风里，没能追上你
从此，心中的痛楚
伴我到今日　疏影斑驳无言

秋飔纤尘不染
秋月玲珑超然
桂香含蓄隐忍　可是
那城市里的行者
依然风尘仆仆在赶路

寒露已过，我是否
要在身体的每个部位
掖藏起所有的热情　以待
冬日风雪的无情侵袭

远方的战火
又开始以血腥的残忍
涂炭无辜的生灵　硬生生

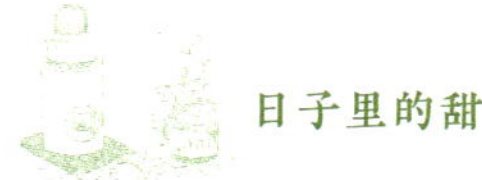

让秋风吹起一丝悲凉

试问：过往的人生，是否
像极了一口老井
不枯也不溢，静默清浅
轻摇着夜晚的月光

2023.10.11

秋天里的诗意

秋天的叶落归根
勾起片片乡愁
这是一条长路
即便用了一辈子的脚步
依然还没走完

月光的神情在云幕里
似乎有点儿慌张
风儿见缝插针地穿过枝丫
护送今秋第一缕桂香
挤入那扇未曾开启的窗门

当风声一寸高过一寸
秋凉随即也加深加厚
雁阵过后的回响里
山色或远或近　在不经意间
开启斑斓绚丽的变奏

这个时节　该行走在古运河边
夕阳疏影里　用目光
打捞经年往事
那河水中泛起的细节
给河岸增添一抹浓重的秋色

那些俗世间优雅的南来北往
溅起夜晚一地北斗的星光
秋天的古道　从江南出发
连接起河山的尽头
只为等待与你的重逢

2022.9.27

望　秋

我坐在时间的窗口
远眺，望秋色
披上静穆的山峦
那秋天斑斓的姿容
给我满目欢欣和慰藉

我站在岁月的桥上
低头，望秋水
舒缓流淌的清河弯弯
那秋日深情的韵致
许我长夜安逸的梦乡

我走在光阴的路口
环顾，望秋意
轻松自如徜徉在云端
那天高云淡的豁然
予我人生平和的心境

我蛰伏在年轮的辙上

仰目，望秋月
将乡愁铺陈在街巷里
那秋思浓浓的夜晚
容我翻晒曾经的孤独和寂寞

我跨过季节的门槛
回首，望秋风
抚拂落叶蹁跹有意
那念念不忘的秋声词赋
属我心性愉悦的馈赠

我伫立流年的原野
凝视，望秋雨
播撒绵绵的秋恋在人间
那一寸寸增高的惆怅
令我柔肠百转流连

望秋吧，望一望
秋天里，日子的宽容
和岁月的深厚　还有
丰腴的田野　高远的苍穹
当桂子馥郁缠绕，就把秋天
品成一条沉思的风景线

并让世态世事

任由风云评说揣测

那些失意和缺憾

自会随秋风飘远消弭

2023.8.28

微凉的秋晨

雨，落了整整一夜
送来仲秋时节清晨微凉
云朵有点细碎
同初升的太阳重归于好
它们已不再流泪
而是细数鸟鸣声
从林间传出来
云雀、黄鹂和杜鹃……
各唱各调，呼应着
秋晨的爽脆清亮，又浸润
江南丝竹的腔调温婉轻扬

身披金黄色柔和晨光
大大小小的草木
精神很是抖擞
而我时常光顾的
这条小河，则
心情相对舒缓
因无风的烦扰，河水如镜

不见涟漪泛漾
可分明写满秋天里
平淡岁月的高远　以及
人生中年的豁然

暑夏辛劳的汗水
在酷阳下流淌
一滴又一滴……
这浅黄色的银杏果
接住了它们
而在昨夜雨打声里
大地无言，接住了
这累累果实
纷纷坠落的成熟模样
我依然在晨光里
悄悄打探秋风和流水
的去向，让这
如约而至的秋天，呈现
一副丰腴和美的姿容

2023.9.22

悟　秋

秋天踩着碎步，在田垄上巡走
轻声细语，只为不惊动
憋足劲儿在拔节成长的稻禾
柔软的秋风，带着丝丝温情
从禾尖上滑过　顿时
河水泛起阵阵羞涩的涟漪

秋天哼着小调，在山林间舞蹈
轻快明亮，想要
在时间的树下　谱几支心曲
并搀扶一朵刚刚失恋了的白云
回到空寂的山谷　让有些往事
顺着风，拐进我们熟稔的故乡小巷

暑阳下的汗水，一滴又一滴
秋天接住了它们　那些以此

浇灌成熟的果实　让平淡的日子
渐次变得丰腴甜蜜　而
层林尽染的斑斓秋韵
恰是平凡生活应有的底色！

2023.8.9

习习秋风的清爽

清爽的秋风习习，又一次
同你我如期而遇
在平凡生活里
如慈母对儿女的叮咛
轻声穿过耳畔
又像母爱翻山越岭　而后
从云端缓缓落下
温柔地抚拂游子在异乡
迷茫且年轻的脸颊

初秋的脸色很和善
如蓝蓝的天空辽远安详
那暑夏躁动的灵魂渐趋平缓
蝉音，有点儿仓促凄凉
在转眼间飘然而逝
而夜晚的秋虫呢喃
声声传情　浓郁了
秋风一袭清爽的姿容

秋天踩着轻风的步点
用心描摹
那山林绚丽多姿的盛装
而秋水波光粼粼
在轻描时光的漫长细碎
浅唱着，可语焉不详
趁着夜色
我在梦境里穿越荆棘丛生
幸好，那轮明月在天边
耐心地为我指引方向

2023.9.2

携风声陪你走过秋

风声盛满你我的杯盘，
天地在向晚里呜咽，
掠过黑云的撕扯和缠扰，
不必害怕，心爱的人儿，
今晚有我在身旁，
还要携风声，陪你
走过整个秋天，
一直到天涯海角。

有时候，鸟儿展翅，
在空中同风私奔　向远方。
在千里之外，有人
用相思熬制鬓角的银发，
而过往的心事，
沿途追逐打闹，时不时
催醒迷茫的梦境。

故乡的明月
从晨风中醒来，
始终不肯说出，
那事关初恋的梦里
所有的细节；
只有那光滑的古井边缘，
涂抹着日月星辰的记忆，
恰如那乡愁，
醉过世上最烈的醇酒。

2023.10.17

深秋的心情

深秋的心情
像一泓瘦瘦的池水
如明镜般舒缓平静
陪伴秋阳里的温暖如你
昨夜的梦境
纷繁缠绕，像极了
一团没有头绪的乱麻

许多故人和挚友
我梦见了，还有
曾经艰辛日子里的
那份甜和感动……
流逝的时光难以倒回
可，岁月的轨迹
仍可在记忆的领地中追溯

清晨推窗而入
天空蔚蓝如洗
不负秋高气爽的盛名；

晨光略显稳重
如一头老牛积蓄着
来年春耕时所需的力量

当霜白逐日增厚
斑斓多彩的秋色
也携秋声而至，赐予
河山吐出满腔的词赋
并掺杂一些许
你我的柔情和悲伤

我在秋天，心里
却想着春日的往事
你可知道
为你谱写的那支心曲
曾经唱沉多少星月
又唱来多少个绵软的静夜？

2023.11.21

晚　秋

深秋的田野
呼吸舒缓　面容祥和
往常的喧闹和躁动
已不见了踪影
我知道，她暗自在内心
谋划来年丰收的图景

当银杏树褪下金色的秋装
冬天就快到门前了
这时候，阳光意兴阑珊
有点敷衍了事　以致
昼短夜长而梦多
其实这世界，并不寒冷

我在江南，等待着
今冬的第一场雪，听说
它已从遥远的北方启程
那时，踏雪而歌
我要唱出

对你天籁般的挚爱
在雪舞的山谷间回荡

时间，并不会
在梦里凝固和停滞
秋声，一阵又一阵
用河山满腔的词赋
向曾经的青春致敬
那位马尾辫女孩，一直
在我情感的原野上
缓步而行，我记得
那双清纯的眼睛，在晚秋
夕照里，也曾回眸

2023.12.1

借几片北方的雪

想借几片北方的雪
书写对你纯洁的爱恋
可那雪花
依然在赶来的路上

此时，在江南
那芦苇却满头飞雪
不知为谁而苍白了心境
只看见有孤鸿飞过

在北国，我用
思念的文字，写满
时间的经幡在雪山上飞扬
听凭寒风猎猎呼啸长空

在乡野，我把
期盼的词赋，润泽
岁月的年轮随晚霞绵延
笑看草木枯荣交替

可从来，英雄迟暮
败给人生的黄昏
无人能免，又有
美人白头　难以
抵挡光阴的无形霜剑

2023.12.13

一夜入冬

就这样，猛地一个急转身
天气一夜入冬
有点令人措手不及
秋虫的啾啾鸣唱
突然间噤声　了无踪迹
如同这世态炎凉
挣不脱人情纸薄的樊篱

北国鹅毛大雪的寒意
随冷空气向南奔袭
注定秋天，在此
形不成自己的气候
寒冷已安营扎寨
妥妥地占据了江南
这一片广袤的沉默领地

晨光，有气无力
像是大病中的老人，透着
一丝苟延残喘的迹象

当太阳落下西山时
黄昏更显老态龙钟
空气是凛冽的，同样
是一脸布满霜冻的嚣张
咄咄逼人　相煎何急？

朗朗乾坤下，有不少人
因此而心情压抑，我
闻听季节的回声
怜惜落日的孤独
回想着单薄的旧时光
可，那一阵风
在田野上驰骋，不知
有无我那样的牵挂？

2023.11.13

初　雪

像是等待久别的恋人
江南的初雪
裹挟着寒潮，在云端
犹豫片刻后　终于
纵身跃下　来到了
喜忧交织的人间

不远处　黛青的山色
也渐渐白头
如同我的鬓角

因由风雪滋扰
傍晚的公园，摆出
一副冰冷的脸色，只见
一排柳杉，一丛丛冬青
和有点年岁的樟树
紧随我的脚步
沉默着无话可说

那些褐色的枝干
枯瘦如老者，似乎
拥有禅意和佛性
一一参悟入定
像极了我的灵魂
独自在风中半世的修行……

忽然传来的几声鸟鸣
仿佛流逝的光阴
在天空中碰撞出的回响

此时　大地在暮色里
已经一片雪白苍茫

2023.12.19

温暖如春的冬日

时令大雪节气
江南的冬日，温暖如春
并无诗曰：
“夜深知雪重，
时闻折竹声”的景象
令人难以琢磨
日后会上演哪一出剧情？

气候在今冬，对于
如何像个冬季的模样
似乎漫不经心　也可能是
因出差过久得了健忘症
要么因心情抑郁而神经错乱
颠倒了气温的时序　这
实属太不像话；

世间的很多事物，也因此
无所适从　有的人
心心念念，想着能
接住这个冬天的
第一片雪花，可它

至今仍然杳无音讯；

昼夜苏醒的林木
瘦身已完毕，挺拔的腰杆
张望的身姿，盼着
飞雪飘飘的拥抱亲吻
重演一幕　眷念的恋人
回归身旁的喜悦，可
这暖暖的风蓝蓝的天
给它们满脸涂抹上
一层厚厚的失落和迷惘；

冬日如春
谁人可奈何？　那就
用我的歌声和清晨的鸟鸣
把沉睡的群山一一叫醒
忘却那日子里
曾经的伤痛和苦难，登上
这个城市的最高峰
沐浴晨曦　遥望春天

（近几日杭州最高气温超 20 摄氏度，破近 50 年来同期纪录。）

2023.12.7

春日记事

今日天空的蔚蓝
朴素又清雅
有着春天般的范儿
可寒冻
依旧盘踞在每个角落
让人无处可躲，只能
缩紧脖子，去回想
春日的往事，那时候
我漫步在海边
曾把春天里描摹的童话
藏进大海的每一朵浪花
也让它紧拥
我故乡深处连绵的群山

那时候，春天的态度
是晦涩的，这雨滴
落下来　挂着
犹豫不决的脸色和忸怩
正像几位女子

风韵犹存，身穿
当下时尚的旗袍　借着
绿茵和花香的衬托
东顾西盼、搔首弄姿
梦想在镜头里，找回
曾经的青春和容颜

那些被盐腌过的日子
就这样被轻轻提起
有人渴望
用此岸的繁花
插入彼岸的花瓶
可明白
今天永远比明日年轻
今日更比昨天值得期待

2023.12.21

第二章

时 光 剪 影

醉春风

春风无形
携一襄烟柳氤氲
一个劲地奔跑
跃过山峦　飞过旷野
跨过江河……告诉人们
赶紧去追逐心中的诗意江南
当黎明开启
婉转清丽的鸟鸣数声
催醒了多少惊蛰过后的生灵

春风有影，你看
那万紫千红，新绿葱茏
是它盎然蓬勃的盛装
那柳枝嫩叶，依依恋恋
摇曳春风驻留的印记一往情深
当夜晚降临
盛满星光的湖水
依然惦记阳光下拂过的春风

运河岸边的玉兰花
怒放在春风里　有点儿恣意
似乎想独占此地的风景无边
只不过远方的岭上，也已
麦苗青　菜花黄
桃花红　梨花白……
就这样，春色昼夜不歇
漫山遍野地铺展开来

江南的杏花烟雨
游走三月春风十里
昨夜楼阁听风
唤醒满眼黛青色的丝丝柔情
醉在春风里　依稀听见
曾经的冬日夜晚
那清霜铺路的声音相伴夜归人
从此后，一弯江清月白难再入梦

2023.3.6，惊蛰

立　夏

一场雨，不紧不慢
从昨夜落到清晨，就此
完成春与夏的交接
清清浅浅　不事张扬
而时序有数　这不
红了樱桃，绿了芭蕉
一派绿肥红瘦　万物葱郁……
麦子正忙着齐穗吐芒
或扬花灌浆　以这般姿态
回报人们耕作的辛劳
撑起庄稼人对丰收的期望
晴日里，近观
蜂飞蝶舞　石榴红艳
小荷翻绿　风吹涟漪；
在夜晚，静听
蛙鼓而鸣起伏
蝼蝈振翅吟唱……
在立夏时节，谱就
一曲春深夏浅的咏叹调

日子里的甜

时光让日子变得风暖昼长

在粗茶淡饭里　不知

能否品咂出生活的真义？

2023.5.6

蝉音声声

盛夏的蝉音声声
是这个季节最嘹亮的乐章
胜过鸟雀的啼鸣
它穿透晨曦里露珠的婉约
溅起晚霞的斑斓流连
唤醒夜风
摇曳柳枝翩翩生情；
街灯渐次亮起
步履匆忙的归程
这蝉声清脆
如福音，从云端落下
指引回家的方向
传递妻儿倚门而立
那等待的眼神；
如禅音，在云水间缭绕
拂过林间每一片枝叶
同时也潜心护佑着
为生活而奔波的身影

2023.8.4

出　伏

终于等到了三伏天的结束
今夏的暑热
被宣告已为强弩之末
你和我　还有
众多的生灵以及草木
可以缓一缓
有点儿憔悴的气息
不必再慑服于高温的淫热
从此，就让
低伏的身躯和卑躬的脊梁
堂堂正正挺直
其实，早晚的风已有感知
微柔的凉，一丝丝地
开始起意　透着对人世
久别重逢的欣喜和珍惜
而露珠在叶尖上　醒的最早
闪烁着今日出伏的清亮目光
如喜上眉梢　赶在
依然有烈度的阳光暴晒之前

向上苍和众神　奉上

一篇饱含深情的感恩献词!

2023.8.20

秋天模样的片段

夏去秋来，蝉音渐露凄凉
秋天的模样已提上日程
桂子的馨香呼应着，在枝头潜伏

秋意，一夜间染白芦苇的头
如人生的中年，茫然中
略显苍老和无助

我依然在时间的树下等你
直到白了头，也替你
向过往的不堪和秋天赎罪

秋虫声唧唧，有点仓促
并借助草木的韧性
偕露水，填充夜色无边

秋风已穿透酷暑，自己的寂寞
只能在月光下翻晒，看见了吗？
那风，轻扶着江河受伤的腰肢

秋雨中百般喜忧，有佳人

影影绰绰　远近飘逸

仿佛是从前的你　如此清纯

2023.8.25

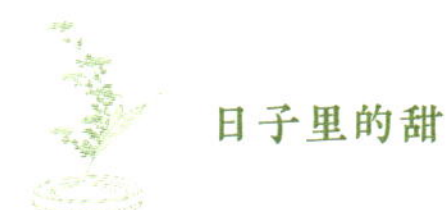

立　秋

光阴的转轴
深嵌在转经筒里，一次次
擦亮季节的门楣；
流散的虔诚
点点滴滴汇聚
唤醒辽阔的苍穹明察秋毫；
微凉的风昼夜不歇
从五彩的经幡上路过
顺便定格一帧帧高原的风景；
潜行的神灵，精心照看着
花朵　流云　溪水
草木　牛羊　炊烟……
由远而近又由近及远
映入你的眼眸，恍惚间
就是一个意料不及的轮回；
你站在高冈上眺望故乡
乡愁同样在凡尘里流浪
不期而遇的　还有
往年雁声南归的记忆；

我细听时光流逝的声音
却望见　又一个秋
从远处的山巅奔袭而来
也把我的鬓角染成了雪

2023.8.8

央央七夕夜

今夜的月亮
略显稚嫩和羞涩
带着晨露般湿漉漉的清丽
天色尚未暗
它就攀上了东山头
在微凉的晚风里
描绘已传说千年的恋情
把曾经的心事抛却

凡间有太多悲欢离合
并非有情人皆成眷属
在时间的树下等待
凄美却铺满了光阴的小路
回望的目光恍惚
已追不上往昔的惆怅连绵
如深秋的落叶枯黄片片

七夕夜央央
有和美的谐音穿梭星汉

那繁星点点，早已情动三千
争相投入湖水的心怀
漾起涟漪，如佳丽轻笼烟纱
在彼岸　费思量
这鹊桥　有谁
可渡三生三世的劫波？

夜央央，风央央
水央央，情亦央央
有人抚风弄月，顾影怜怜
有人追云逐月，想要在鹊桥边
见证一场旷世的情缘
在稚嫩清亮的月光里演绎
任由眼泪在红尘中流浪

2023.8.22

落　叶

黄叶无声坠落
是在诉说秋日的离愁
也是早春氤氲时节
天空向土地许下的诺言
绿叶对根唯一的约定

这叶子　在风中纷纷扬扬
礼赞生命的轮回归宿
并无戚戚悲歌和惆怅
历经这起落一生
满是对下一个春天的向往

春风有度　潜心丈量
草木应时而生的尺寸
复活的山径　诚实地守着
每个季节的边界　那时候
绿叶定会在春光里摇曳

2022.11.21

时值白露

光阴在钟摆上飘来荡去
于是，时间就有了自己的节奏

时值白露
因有阳光下闷热的白天
使这个节气略显尴尬
而在夜晚的秋虫啁啾声里
凉风习习
刚刚适合这初秋的情绪

贮存了一个暑夏的星光
河流的身躯稍显丰腴
而半池荷风，在月白下
兀自亭亭玉立
如我的张望　消瘦无助

小草们随和又谦卑
至于往哪个方向倾斜
只听从风的指使和召唤

可很多时候，风并不太负责任
常常弄得它们晕头转向
每当秋霜降临就满脸枯黄
像极了世间愁苦万千

桂花的隐忍早有耳闻
相思在秋池中刚涨了几寸
它的馨香瓣瓣，今夜
就已潜入了我的窗口

2023.9.8

秋分

时序来到了此刻
昼与夜的角力　又达成
一个微妙又短暂，甚或是
稍纵即逝的平衡
而这样的不偏不倚
每年才有区区两次

你瞧，秋色飒爽飘逸
而秋风也迅捷地在山林间奔跑
一并捎带淡然的秋云
如镜的秋水，透亮的秋阳
沐浴独有的高远恬淡和清新

其实，到了这个点
平分秋色
作为当下季节的主角
开始真正地粉墨登场
而　这秋天也在此时
才算坐稳了它的江山万里

你瞧，北雁满载离情和向往
朝着南方之南飞翔
一路为温暖而展翅奔波
试问你，是否在打探
秋风和流水的去向
而我却闻到了风中的胭脂味

在秋色簇拥的田野上
禾穗像极了传统的绅士
很是谦逊，它
向阳光奉上感恩的面容
向秋风频频躬身作揖
向稻农含颔，致以丰收的献礼

时光并不会因为谁而放慢脚步
恰如秋天的如约而至
并不是因为你，更不会是因我
但内心里，我们共同拥有
这个季节和美的模样，正所谓：
常忆醉翁秋声赋，
正是人间满庭芳。

2023.9.22

秋分日闲思

秋风陆续到访江南
也不时辞别
似乎无情无义
只给远处的山林
和近旁的田野　刻下
秋色的烙印
今日秋分，昼与夜密商着
怎样平分秋色？
殊不知，这只是徒劳无用
就像一个人不自量力
想同命运掰手腕；
修竹掩面，它清楚
黎民肩负手执的辛劳
它心怀释然
颤动在空气中浮游的问候；
只是在今天，我看见
呼啸的秋风　它
赤脚穿过田野
唱着丰收的歌谣

令那渐次泛黄的谷穗
微颤着心旌摇荡；
我也期盼，当冬雪覆盖时
那春天的梦
能够在嫩绿的枝叶上
早些醒来

2023.9.23

秋天，仅是一位过客

河流是大地流动的琴弦
山峰是时光起伏的音符
这世间最长的不是路，而是等待
云朵是秋日风儿的翅膀
牵挂着你来自远方的思念

远处的江水清澈平静，在暖阳下
似乎若有所思

我知道，秋风吹起的涟漪
在你的心头荡漾
那份属于你的馨香
将如期而至，飘进你黎明的窗口

岁月的年轮转啊转的
秋天，只不过是一位匆匆过客
南归的北雁，在这里
也只作短暂的憩息
向着更远的南方迁徙

如同一位过客并无任何的留恋

桂花，向来是隐忍的
透着淑女般的芬芳，不喜张扬
只在夜色的怂恿下
略微释放那积蓄多日的热情
当然我明白，这份清雅恬淡
不足以抚平人世间的喧闹和欲望

江南的秋天，田野是丰腴的
秋水却日渐清瘦
山边的几株梅树，积蓄着力量
准备在寒冬里迎接春讯的到来

2022.10.21

农历重九的月亮

重九当晚的月亮
出落得很是健硕
虽不圆，然亮白
如人生，总会有缺憾
像梦想，有时难以兑现
沿途遗落光阴的碎片

城市里的喧嚣
未见有憩息的迹象
有人默然，在时间的背面
捡拾心灵的慰藉
任由夜晚的凉风
揉搓心酸的泪水

庸常的生活里
掖藏有许多未知
可谁也无法揣度
如月夜孤行

怎能定位在何处

看见各自的日出？

2023.10.26

寒　露

我刚把秋风扶上马背
秋色就在山林间奔跑起来
蓦然回首　寒露已至
庆幸心里的温暖仍在
昨夜的梦境里
我还追逐着
年轻时的恋情蹁跹
心醉的酡颜
充盈爱意绵绵
只想　在云朵里
安顿自己的灵魂
从青春年少到鬓角染霜
奔波的生活
朴素艰辛又平庸　可
日子过得很有滋味
每一次回家的路
胜过所有美丽的旅途
时值寒露，秋意浓
菊花黄，桂子香，情仍暖

我内心有表里山河

携你抵御

即将降临的风雪寒冻

2023.10.8

霜　白

晨起，只见窗外房顶上
泛着一片厚厚的霜白
是那种孤独无声的存在
让身处暖室的我顿感寒意袭来；
当严寒紧锁大地　听闻
远方的双亲食安衾暖
顷刻　我的心情就囿于
这份围炉煮茶的惬意；
这霜白是隐忍的
那是人间愁苦在寒冬里的告白
提醒我　并不能停下
已然奔波了半生的匆忙脚步；
而那雪花是张扬的
即便在常人眼里也是诗意绵延
朔风中飞舞的姿容
令人忘却草木枯瘦的神情；
霜白寒深无语
相信为时不远　春讯
将再次在枝头翘首以盼

2022.12.19

银杏叶落

银杏叶，落下来
等于写满离愁的诗章
向天空道别，也是
一封邀约春天的信函

气候来到了小雪
北国已步入冰封的节奏
昨夜寒风侵袭，江南
便有了初冬的姿容

窗外的银杏林
一夜瘦身，金黄的叶片
铺满步道　躬迎
早醒的烟霞和恍惚的鸟鸣

银杏叶落下来
其实，它并没有
读懂芦苇　在冷风里
弯腰的神情和心思

当那雪花漫天

就让你我　用沉默的爱

彼此搀扶着

直到一起白了头

2023.11.24

立　冬

立冬了，之于江南
萧瑟的意味
在凉风中并不浓郁
枯叶飞扬
尚不过于令人压抑
田野已颗粒归仓
土地开始短暂的打烊

只是太阳
有点散漫，越发
起的迟，落的早
距离我们渐行渐远
热情也不像暑夏时节
何日能回心转意
那道分水岭就在冬至

我所悲悯的，却是
那些依然在啾啾的秋虫
霜冻和寒潮霍霍有声

摆出一副攻城略地的架势
一路向南奔袭
不知它们可否抵御侵扰
能否再次唱响春暖花开？

在熙熙攘攘中，有多少人
听得见尘世的悲音
只能告诫自己
决不枯萎在温情中，可以
一边回忆单薄的旧时光
一边在草尖的露珠上，寻找
安静的黎玥和季节的回声

2023.11.8

冬至感怀

冬至的到来，预示着
春天的脚步
离我们越来越近
故乡在我的记忆里
又年长了一岁
乡愁在我心里
也同时增厚了一寸
期待在春天的绿荫里
轻推坐着孙儿的童车，一并
把春天的希望推向未来

今天很冷，可肯定
不是尽头　那
小寒和大寒，已紧跟着
磨刀霍霍，整装待发
冬天的 A 股
却有着春天般的景象
一片葱郁碧绿，可苦煞了
股民神情焦灼，如跌入

无底的冰窖　内心
比今日的气温更冷上几分

太阳看似已回心转意
阳光出奇的亮堂
天空也出奇的蔚蓝
明眼人一瞧，这里面
充斥着过多的虚情和假意
这苍茫的人世间
有谁　能借这天光云影
去点化所有的尘缘往事？

试想，此时草木的沉寂
世间众多生灵的无奈
纵然怀揣千杯惆怅万滴心酸
也应在心海里
轻捞一瓢似水的流年
和光阴的踪影　顺路
聆听，近处溪水流淌
如诗如乐　回溯
那荷塘夜雨的欢乐和忧伤

2023.12.22，冬至

凄美的模样

银杏树在冬日
瘦身过度，裸露的身躯
在寒风中簌簌颤抖
无力又无助
只能忍气吞声
承受这无情的摧折

落叶枯黄满地
倾诉由来已久
长满记忆的青苔；
别离和愁绪，尽是
一副破败的残缺之美
孰能无动于衷？！

还好，昨夜雪花
飘飞如旗卷，当空中
掠过一阵悲风之后
白雪覆盖的枯叶，再次
重温夏日和暖的梦境

积蓄迎候新春的力量

这般凄美，可
银杏树的心里，已经
装满下一个春天

2023.12.20

夜晚起风了

这冷风好似在赶路
一阵紧过一阵
那些苟延残喘的枝叶
在风里簌簌颤抖
难挡凌厉的风霜
纵有千万个不舍
坠落一地时光的隐痛
夜越深，风愈紧
令人满脸颊地生疼
如果岁月的年轮会印记生活的沧桑
那么就让这风的凛冽更猛些吧
假如今夜的寒风能吹走往昔的烦恼
那何必在乎冬日冷酷的脸色
在风里，我知晓
那生活的麻烦没有尽头
成长也永无止境
若非一番寒彻骨
哪得梅香沁心脾？
坚信每一颗汗水浇灌的种子

必将在春光的拂照里发芽

今晚的风声

恰是蓬勃春天启程的前奏

2023.1.11

黑　暗

身处僻壤乡野
在没有月光的夜晚
一切皆被暗黑笼罩
影子不知遗落何处，心事
也被包裹得严严实实
一丝不漏　无可窥视

穿村而过的小溪
照例穿透夜幕
把溪水细碎的情话送达耳边
它们依然在摸黑前行
顺带旧时村庄的模样和乡愁
寄给远方的游子

暗夜里的山村
天空和大地互相交融
犹如一个混沌的暗箱体
在小溪的流水声里
静得很安宁　那些

城里人执着追求的荣光
不如山冈上拂过的清风

黑暗可以遮蔽　所有世间的
不平不公和沟壑坎坷
可那些护佑山村的神灵
即使在暗夜　依然睁着
一双双透亮的眼睛
洞察世事的善与恶、爱和恨

2023.7.12

第三章

馨香寄情

春天的身影

我在奔跑的寂寞里
寻找心中的春天
奔跑的脚步声虽然孤独
可离体魄的健康更近
冷雨暂歇的天空越跑越敞亮
步伐越发变得明快轻盈
内心也随之亮堂起来
沿途中，我找寻春天的身影

柳枝顾自在春寒料峭的风中
摇曳新绿点点
原来春意已悄悄在柳叶上驻留；
性情外向的白玉兰
一副跃跃欲试的模样
似乎想独占春天的华章；
想必不甘寂寞的桃花已启程
樱花和梨花随行
构思一场轰轰烈烈的
花团锦簇的

无与伦比的
饱蘸阳光雨露的
脱俗人情世故的
无关爱恨情仇的约会

我在奔跑
春天也在赶路
我欣然把春光披上额头
把春意装进心里；
远望春山苍翠
我想用奔跑的汗水
浇灌人生的花园
让日子总是新绿盎然；
我要用清澈的目光
洗礼如山般厚重的乡愁
啜饮鬓角沾染的风霜

（2023年2月，新春后首次于余杭良渚文化村滨河公园户外跑步健身有感。）

2023.2.14

春夜问月

在太阳和地球的牵引下
一轮皎洁的圆月，按部就班
从东边的夜空升起
月光，春风得意
伴我用孤寂的步点
丈量与这个春天的距离
探寻夜幕里掖藏的问题

当风从南边吹来，你是否
也曾留恋往日的情愫　是否
想起故乡的老枣树下
那些于今徒留缺憾的言语
在今夜如何买醉忘却她？

当春雨飘洒时，你是否
也曾回望半程人生的轨迹　是否
思绪绵绵　看雨水滋润着草木
依然铭记那些沟沟坎坎
怎样为爱着的人流泪？

当身披春光时，你是否
也曾向往黄鹂鸣翠的清丽　是否
服膺新燕啄泥忙碌　繁衍生息
遥看白云蹁跹在山岭上
不知将为谁祈愿？

当春雷响起时，你是否
也曾因谁心悸而失眠　是否
感叹一江春水东流　独自落寞
念念不忘多年前暗恋的伊人
试问苍山流云　为谁黯然伤神？

在这个春夜
我要在心里蘸着月光
咀嚼给这个季节的献词
又要在光阴的眉额间
许下　那疏梅淡月般
清雅纯真　安然透亮
不紧不慢　不喜不狂的诺言
从春到夏，直至醉了三秋

2023.3.8

又见梨花白

迷漫的春光
一步步地摇醒梨花
像冬日的飞雪
染白远处的山岭
嫩绿的枝梢被梨花遮掩
一半是春的妆容
另一半是清浅的思念
从此　便有莫名的张望
在内心升起　直抵眼眸

黄昏降临
梨花在暮色中窃窃私语
如月华素心
伴着初起的蛙声
此时，有人滞留岭上
忧晚风　吹落梨花雨
满地的离愁　搅扰清梦
从古至今，年年梨花白
诉不尽人间恩怨悲喜

2023.3.13

三月，樱花树下

清浅的三月时光柔软
守信的樱花如期而至
绽放在轻风中摇曳，姿容
犹如少女般白皙肤色
我独处樱花树下
啜饮弥漫的馨香
抱拥春光的热情
在花瓣上探寻　昨夜细雨
给这个季节的甜言蜜语
即便　时已过境已迁
依旧惦记，当年花季的你
也在樱花树下独自伫立

春色　不分昼夜在旷野游走
使得天空也有了一张孩儿脸
春风细细翻动着日历
变得越发温存
故乡依然潜伏在我骨髓深处
乡愁时不时从我眉额间淌下

当樱花盛开

整个花蕊沾满了情思

我，这被霜雪染得苍老的躯体

倏忽间，有点措手不及

此刻　只要我张口

那满树的花瓣

定会倾泻而下　如雪花般

覆罩往昔恋情无法自拔

2023.3.23

落日的韵脚

夕阳的余晖
在西边的山头张望
尽是不舍的神情
那绯红着脸颊的晚霞
是落日的韵脚
麻雀们依然神情亢奋
叽叽喳喳碎语不歇
我站在落日的张望中
在春风的柔情里
在小河边摇曳的柳枝下
张望着心恋的人会出现……
暮色开始抚摸远处的山岭
逐渐暗淡的天空
仿佛一张恍惚的脸
此时，大地饱满的额角
没有一丝哀愁
夜风照例同昨晚一样
应和着夜莺　弹奏
春夜的朦胧、暧昧和诱惑

而满天的星子
在夜色里纷纷坠落河中
溅起一水孤独和惆怅的涟漪
而我孑然的身影
是这个夜晚的韵脚

2023.4.11

柚子花香

如一部小说的情节
当柚子花香浓郁奔放时
春天也来到了高潮处
此时的江南
草木春深　鸟鸣和音
阳光温热　麦子抽穗
天空高远　江水不寒
夜幕迟降　蛙声起伏……
而，那柚子花
纯白如玉　星星般
在枝头泛着笑靥
浓烈的馨香
从早到晚　分秒不歇
提醒　路过的人们
要让生活的愿景和念想
在平凡的日子里孕育成长
夕阳正温柔
晚霞亦绚烂
柚子树叶青绿欲滴

此刻，我的心思
趴在浓密的枝叶间
专注地寻听着
夏天向你我走来的声音……

2023.4.19

种子的翅膀

风儿是无形的翅膀
草木的种子
心怀新生的梦想和渴望
借助这翅膀飞向远方
深情款款又不露声色
或跋山涉水去往他乡
或依恋故土落地生根……

从此，辽阔的大地
时时刻刻　就有了
新生命破土而出的欣喜
种族繁衍的生生不息；
从此，吮吸着日月精华
林林总总的草木
在它们每个灵魂的深处
植入了感恩的基因密码

于是　你我看见
当春天的脚步声响起
要说，那嫩枝新绿

是大地蓬勃的序章
那么，这花团锦簇
便是草木感恩的盛装
因而，这万紫千红
就是最精妙的时光色调

于是　就有了
那绿荫片片，给人们
在酷暑炙烤中以片刻的喘息
那层林尽染，描绘出
一个妖娆无比的人间秋日
那瓜果飘香，谷粮满仓
则是种子们感恩天地
感恩阳光雨露
感恩辛勤汗水
最朴实无华的诚恳行动

风儿是种子的翅膀
当雪花飘飞
种子在泥土里怀揣梦想
吟唱期盼春天的歌谣

2023.4.23

平天堂的红杜鹃

其实，在梦里
我早已同你相遇
那时，你很孤单
我也寂寞无语
你兀立峻峭的峰峦
簇拥清风　当晨光微露
思恋就披满了山坡
我想去听春天呼吸的声音
刚从山脚下仰望
春色就撞个满怀　连同
你的盛情匆忙而至
催促我加快爬坡的步履
穿行野径蜿蜒向上
热汗满颊衣衫湿，这汗滴
前一颗牵手真诚如初
后一粒抚摸梦境如幻……

一丛丛，一簇簇
你以娇羞般的站姿
迎接我的到访
一片片，一朵朵

你用那抹亮丽的红艳
独领风骚整个山岭上
此时，风吹花瓣无数
摇曳花影翩跹含情
这红红的花色
可是杜鹃啼血的烙印？
这灼灼其艳纷呈
可有难成眷属的愁绪？
我伫立于此，恰有所思
想用四季的绵长光阴
许你一缕人间的温情
抚慰曾经的孤独清寂

我看见，平天堂的红杜鹃
坐拥这方水土，正在
俯瞰人间烟火气升腾

（平天堂位于杭州余杭区百丈镇泗溪村，海拔878米，山顶有千亩野生杜鹃花，每年4月下旬至5月初，杜鹃花竞相盛开，蔚为壮观，实属美景。）

2023.4.27

江南梅雨季将要登场

时序的转轴
来到了夏天的领地
气温开始变得闷热潮湿
我知道
故乡的杨梅又将成熟
透着炭色的深红
甘甜爽口　令人垂涎
有时也在梦境里徘徊流连；
我也知道
颇具江南个性的梅雨季
照例将粉墨登场
时晴时雨是标配的节奏
雨伞成为行人的宠儿
既遮阳又挡雨
柔雨绵绵　荷花亭亭
待得云销雨霁
却洗青梅一捧煮酒；
我不打伞，行走在江南
或密或疏的梅雨中

刚转过身，就望见
在那条小巷的拐角处　多年前
你手提一筐杨梅在等着
等着我的
还有你清纯的模样……
今年的梅雨季就将来临
可我不知道
我该出走，抑或停留？
是否　在岁月的皱褶里
翻寻过往的喜乐哀愁
还是　于时光的无声处
庆幸所有的当下
恰是命运的最佳安排

2023.6.5

时光的转角

在季节的尽头
我找不见时光的转角
半隐的月色迷蒙
略带暧昧隐晦的神情
是否想借夜色
上演一出狗血的剧情；
聒噪的蝉鸣
时而激越或声嘶力竭
时而又喑哑似乎心灰意冷
因为它摸不透世人的内心；
这拥挤的城市
没有停下或放缓扩张的脚步
你看夜幕中闪烁的灯火
犹如一张张焦虑的脸颊
这拥挤的世界
有时候，只能被迫匍匐前行
你看，跪着的膝盖以及
禁锢的灵魂，比比皆是。
世间的拥挤无法避让

芸芸众生中的你
可不能如此跪着，因为
挺立的脊梁不会答应　就让
心灵在纷纷扰扰中去独行吧；
独行的路并不孤寂，因为
思想是自由的
谁也无法在时空中羁绊你
前行的方向
就在那时光的转角处

2023.8.2

时光的雪花

时光的雪花
落在了我的鬓角
无论怎样擦拭
却再也难以消融；
我想寻找一块地方
能够放得下
我简约的生活，可
那悠幽的乡音乡情
洗尽了人生铅华，而
那秋夜随意的雨滴
淋湿我的乡恋乡愁……
在深秋
众多的枝叶，抛却
残荷败柳的幻想
默默积蓄着金黄
也收藏几许孤寂，
打算在秋霜降临时
去拥抱泥土的芬芳
就像时间误入了炊烟

抖动思念蹁跹

可有尽头？

2023.9.18

日　子

日子总得一天天地过
快不得也慢不来
春夏秋冬轮流坐庄
岁月的年轮
在每天的十二时辰里转啊转

雨滴是春天的信使
滴答滴答　叫醒
沉睡的村庄　并陪同
一头老牛在晨风中
驮着暗藏的春天，啃食
枝条上凝聚的时光

南来北往的日子
兜兜转转　这夏日热情
也扑面而来　你看
那麦浪千重　你听
那蛙鼓蝉鸣　你闻
那草木芳香……还有

那滚烫的汗珠坠落
垒起一个个丰收的热望

秋风不时路过　送来
那份天空的高远
让丰腴的大地兴高采烈
当日历翻到霜降那一页
秋色就开始起意
给山林换上斑斓的盛装
从来就不事声张

冬野朴素　土地打烊
炊烟饥肠辘辘
江河山川　同枕
一席清霜寒露，我却看见
风雪中纷飞的往事　还有
闲云野鹤一样的身影

晴雨寒暑　风云雷电
日子在每天各有模样
那熙攘的人间，总有
一日不见如隔三秋的情切
有度日如年的煎熬

有白驹过隙的迅捷　也有
朝如青丝暮成雪的悲怆……

每个日子，累积起
人生的旅途　怎样
拥有心中的诗和远方
有人叩问
深邃的苍穹和东流的江水

2023.9.27

秋　恋

轻风送来凉爽
这是缘起眷恋的源泉；
桂花吐露芬芳
这是沉溺甘甜的滋味。
枫叶红了，熏醉山峦数重
秋水也泛起心动的涟漪；
银杏黄了，膜拜秋声几响
秋色便披上心仪的盛装。

秋阳温暖了夜晚
慰藉江南丝竹的孤寂；
秋雨缠绵着梦境
浸润大雁南飞的路途。
稻穗低头含笑
风姿摇曳　胜千重细浪；
瓜果满园飘香
欢歌飞扬　越万里长空。

月光如雪透亮

俯看夜归人的沉重脚步；
虫啾如笛脆幽
吹响人世间无形的箜篌。
溪水细唱　奔流向远方
那里有大海的澎湃召唤；
山路蜿蜒　相牵故土情
那里有游子的深切秋恋。

2022.9.28

又一个秋高气爽的清晨

桂花的馨香幽细浓郁，
天空湛蓝如一丝不挂，
又一个秋高气爽的清晨

到了秋天，沿途
散落了许多人生的光影，
连同时光不紧不慢的印痕，
刻在你我的额头上；
而那成熟了的种子，
心甘情愿，被秋风裹挟着，
随新生的梦想去往远方

庸常的日子，
纸写的云烟，
轻挽的云鬓，还有溅落
在断墙上的那抹晚霞，
用低吟浅唱，
给夜晚的天空回信

每个季节的每一朵花，
献上花香的同时，都在等待，
等待着蜜蜂来访，
等待着长成甜美的果子，
给这个世界的人们，
献上甜蜜，也奉上口腹之欲

而我只满足于
在春夏秋冬的每个日子
同你行并肩　言投机

2023.10.19

凝　香

同往年并无二样
秋风夹带着凉意
在山林间涂抹秋色
这个时节　隐忍的桂花
细细碎碎地开着
从不絮絮叨叨
像极了细碎的时光不紧不慢；
从不张扬，一副
老老实实过日子的姿态
沾染着人间烟火气
凝注特有的馨香
让秋天画上别样的韵脚
连同日出　晚霞
稀疏的星光和几声犬吠
赤脚穿过江南烟雨的诗情；
村外的古道无声无语
连接着山河的尽头
从此，游子的乡愁不再迷途
你用阳光雨露揉搓的凝香

追随秋日的步履一路芬芳
我再一次嗅闻到平凡生活中
那份甘甜的味道　这时候
我祝愿幸福的神灵
降落在民间的脸上　并
用光和温暖安慰人间
给俗世里的百般愁苦止疼

2022.11.1

关于秋天的片言只语

昨夜，我俩借着月亮的清辉
谛听事关秋天的片言只语

你说：勤劳的父母
用一滴一滴的汗水
从田地里刨出了你的嫁妆
我讲：无私的双亲
靠一竹一篾的编制
从昏黄的灯下攒起我的学费

那时候，年轻的你我
一个，一路往东
另一个，追梦向西
在西子湖畔的某个初夏
交汇 从此后
“飞花”牌自行车后座上
我驮着人生的另一半
穿梭在杭城的街巷

像风儿那样轻快……

那时候，我俩相恋
正值年轻　置身都市的繁华
内心充满对未来的憧憬
因为有爱
那些生活中遭遇的窘迫
也就无足挂齿
当每一次秋天来临
桂花在枝头窃窃私语
那花蕊的馨香
犹如日益润泽的生活滋味
暗自弥漫在云水之间自由自在

过往半生的路上　也曾有
或明或暗的沟壑坎坷
你我相携着安然跃过
凛冽的寒风　曾经割伤
我们脊背上驮着的岁月
却从未退缩前行的步伐
深秋的田野上
谷粒已经尽数归仓
勤勉的露水

每天照例打湿路过的凉风
等待着青青的麦苗
去赴冬雪的温暖之旅

秋色脚步舒缓
像是慈祥的祖辈推着童车
那稚嫩的牙牙学语
恰是这个季节最动听的音符
是传承　是延续
当落叶铺满小径
群山开始孕育再度葱茏的心愿
而桃花也已启程
期待在春风里灼灼其艳
如同你我的恩爱翻动日历
在春夏秋冬的往复中
铭刻平凡生活的点点滴滴

此时此刻
我要赞美的是秋天
哪怕只有片言只语?

2022.11.10

蒲公英

蒲公英的故乡
只有一个
可在风儿的鼓动下　它
拥有无数个方向的未来
无问处境和前程

我站在山巅　抱着风
俯瞰那一个个白色绒球
在旷野上飘飞
星星点点　轻盈灵动
找寻新生的起点

我又看见　风
昼夜不停　翻动着田野
从春夏至秋冬
看着……看着……
这风　偷偷地
把我的头发吹成了雪

光阴　在我的额头
也慢慢起皱　可即使
在寒冬　我的眼里
斜阳很温柔
雪也没有忧愁

正像春天的蒲公英
自由自在
借春风的翅膀
从这儿的故乡出发
温情如初
沿途把爱的诗行
写进自己的心房

2023.2.9

我的乡愁坐落在山冈上

那是浙东山乡的
一个小村庄，那里
留有我童年
青涩如梦的歌谣

那绵延的山路弯弯
印记了我的祖辈们
曾经日子的艰辛和磨难；
那辛劳的汗水
一滴滴地流淌，化作了
春天山花烂漫的芬芳以及
秋冬时节的清露白霜

那夏日的蝉鸣悠远
穿行竹海深深翠碧如毯
也为我的父老乡亲
送来对未来的憧憬和向往；
如山峰般雄伟的臂膀
支撑起一方湛蓝天空下

油盐酱醋和家长里短的日常；
在清风的臂弯里
那晚霞里袅袅的炊烟，而今
却是升腾的乡愁绵绵

今日里，我的乡愁
坐落在杭城
并不巍峨的山冈上，我
以风尘仆仆的面容
遥望故乡，多少次
当明月高挂夜空，可我
不敢抬头望一望，想想
已过半生的尘世奔波
只怕，那颗泪珠
忍不住落下来　砸疼
流落在故土的那片月光

2023.11.22

冬日黄昏即景

当太阳落下西山时
冬日的黄昏，醉酒似的
踟蹰蹒跚又彷徨
更显老态龙钟

曾经茂密的叶子
在寒风里已不再留恋
令几棵高大的水杉
很是落寞
只能裸露着枝干
一个劲地喘着粗气
不停反刍
夏日暑热的余温
好像，一个濒死的人
在苟延残喘

忐忑的霜白
将随暮色覆罩大地
夜归人的心里，因此
而再添一层寒意

2023.11.27

芦花白

芦花白，芦花飞
像是为这个季节的悲痛奠祭
听见了人间呻吟
感知如此多的无奈
在肆虐的病毒面前
谁又可能幸免？

天色灰，雾锁城
飞鸟栖寒枝而不啁鸣
徒增清寂压抑
祈祷劫波早日渡尽
待春山再望
许你一个个心情晴朗的日子

2022.12.28

第四章

河山抒怀

枯瘦的河流

从清晨到黄昏
在寂寥冷漠的风里
这条枯瘦的河流
痴情地期待着
一场大雪或暴雨的降临
想以此来提振精神；
这个鹭鸟族群
长期栖居于此地
在不属太丰鱼肥的当下
要满足日常的口腹之欲
想必需要付出更多的心力；
那些默不作声的垂钓者
身披暮色　头顶寒霜
用一根细长的竿子
一头钓着流水般的光阴
另一头钓着
平凡生活中的酸甜苦辣

2023.1.28

茭湖岭

曾经，我的祖祖辈辈
上上下下　奔波了
记不清多少回的茭湖岭
数千个台阶，蜿蜒曲折
如华夏文明的筋脉
昭示种族的延续和生命的传承
在这有着灵魂的台阶上
仿佛看见，那豆珠般汗滴
从我的祖辈们的脸颊上淌下
依然在冒着热腾腾的气息；
那一个个刚劲的脚印
承载着我的祖辈们
对生活的希望和憧憬
踏石有痕，一路前行
即便这日子缺乏诗意
也要努力着过得有滋有味……
向岭上攀爬
每一个脚步，支垫起生命的高度
往山下行进

每一个身影，背负着生活的载重
这脚步和背影，一并诠释
过往岁月曾经的苦难深重。

斗转星移，时代变迁
汽车进入了寻常百姓家
这条古道　日渐失却
那作为必经之路的人来人往
清静　隐幽　原味　神秘
成了日常的首发头条　唯有
那清溪涧水不改初衷
依然昼夜不歇吟唱着奔向远方；
那竹翠林深不变衷情
仍然随年轮流转时刻簇拥陪伴。
当我从喧闹的都市遥望
那清霜冷月，在夜晚
照看着满岭的落寞无奈；
那孤风寒雪，在冬日
映照一片荒芜和苍凉；
子夜里，古老的石阶
突然听到一两声鸟啼
顿显一副沧桑和疲惫的模样。
唯有当春天降临

草木葱茏，春山在望
那时，这古道的额角饱满
没有丝毫的哀愁
恰似我的乡情和爱，怀揣古道热肠
随那绵延的山脉奔向远方。

此刻，我要
在碧蓝如洗的天空下
用澄澈的目光抚摸故乡的风景；
在柳枝新绿的依恋中
用眉间的烟火荡漾古道的婉约。
期盼着，哪天再访古岭
重新唤醒那沉默不语的石阶
而覆盖其上的青苔
向来低调隐忍
却勾起我年少时的记忆
依稀望见，少年懵懂的我
随盘着发髻的祖母同行
肩挑蝉衣、黄精或兔毛等物品
一路听着她的教诲
去往岭下的集镇供销社售卖
为补贴家用尽微薄之力
每当返程时　望着

这耸天的高高山岭　梦想
借知识这对隐形的翅膀　助我
有朝一日飞出大山……

四月春光和美　想必
那故乡的杜鹃花也已绽放
可不知是否孤寂？
寻思着若踏上故土　我
该以怎样的姿容和心境
向她奉上真诚的献词？

（茭湖岭，地处浙东余姚县城东南25千米处，又名茭湖古道，素有云梯之称，它起始于冠佩村村口，止于道教“洞天福地”之一的茭湖村，全长约3千米，平均宽1.5米。古道依溪筑，溪依古道走。两边山崖陡峭，泉瀑参差，竹木苍翠，鸟雀啁啾，依然保持着原生态。在山乡未通公路时，此古道是山上村民通往山外的必经之路。）

2023.3.28

山野小径

春风很温柔
春雨也滋润
只一个恍惚
山野的小径上
时光就碎落了一地
小草任性放肆
缠住野径的腰身
从此，小径不修边幅
素面以待梦中的人儿
这里，想必是
这个季节最受冷落的地方
就像我的心境
整天蒙着一层阴霾
即便四月的天色
空空如也，蓝得奢华
令生灵万物有点眩晕
可月光知道我的爱
像那绵延的山脉
从故乡到他乡
一直奔波在路上……

2023.4.4

春日杜甫桥

古老的杜甫桥
簇拥岁月的风云
静卧在毛家漾上
那时的翩翩少年
诗情满怀　心存愿景
于落花时节行游江南之春
且吟且行　壮游的脚步
从此印在浙东唐诗之路上

城市化，这头猛兽
凭借机器装备的利齿
和钢筋水泥的骨骼
驱使着城市的躯体日益膨胀
蚕食着乡野的安宁平和
车水马龙的喧哗　反衬
春日里杜甫桥的这份落寞
溢满河岸柳树的枝头

这座窄窄的古桥

落满千百年来俗世的尘埃
即便连绵的春雨
也冲洗不净过往的无奈
当春风涤荡
桃红一瓣瓣飘落
春色一寸寸增厚
远眺山峦连绵　它无所适从

（杜甫桥，位于杭州余杭区良渚街道杜甫村域内，良渚文化村滨河公园边，横跨毛家漾河，全长约30米，宽不足2米，全部用石条、石板等材料建成。相传杜甫南行壮游期间，曾在此地逗留过一段时日，因河上无桥，两岸居民往来不便，他便提议当地富人筹资建桥，多年后桥建成，当地百姓为纪念他，便称此桥为杜甫桥。现为杭州市级文保单位。）

2023.4.10

雨

雨，湿漉漉
有时候甚是缠绵
或诗情画意
或惹人厌倦

水蒸气，在云端
扎堆儿撒欢
雨滴，或急或缓
恰是它飘落人间的梦

久旱逢甘霖
这时，雨声
或紧或慢　顿成
生灵和草木的福音

昨夜的雨，可否
淋湿你的心事？
当晨光微露，我看见
满坡的思恋摇曳

2023.5.17

风

风，
种子的翅膀
借着它，去往远方
播撒新生的希望
却把乡愁种在了我心上

风，
穿过旷野，穿越山林
在草尖上奔波
在树梢间舞蹈
驱散多少世俗的纷繁红尘

风，
穿梭在四季，吹动年轮
午夜　你的一声叹息
恍若春日桃花的落英
又会扰动谁的清梦？

风，

穿过了这片静寂的洼地

从故乡远道而来

不惊不诧中

顺带一个冷暖自知的梦

风，

在晚霞里，拂过

你的面颊，也吹过

那眉额间的人间烟火

许我一袭婉约的姿容

风，

从清凉的早晨，掠过

这段时光比较嫩的部分

恰如故乡，这面镜子

把生活中所有的唏嘘藏进落叶

2023.5.22

路

有多少大大小小的路
在我们居住的星球上延伸
想必没有人能说清楚
每一条路，或长或短
或宽阔或狭窄
或曲折或平坦
连接着河山的两头
不同的人，不同的脚步
印下不一样的足迹
行进在路上，每一个人
并非像天上的云朵
无亲无故　也了无牵挂

我的心路只有一条　铺展
在我并不魁梧的身躯里
一头紧攥着灵魂
另一头散扯着情感的乱麻
从过往至现今
还要通向未知的后来

年少时，七情六欲
时而在路上癫狂撒野
年长后，似乎成为
一片波澜不惊的水面，
恬静怡然　可在记忆里
总有和风拂面　沿途
尽是乡愁和亲情的印迹
错落有序

2023.5.26

日　落

日落时分是夜的前奏
天边斑斓的霞彩
是初夏晴日的亮丽韵脚；
太阳去往了山的那边
其实是地球转动着
让我们每天拥有
一次有节律的迎和送
短暂的离别，并不会有
太多的伤悲充斥人们的内心；
只是缘因科技进步
“日出而作，日落而息”
在当今社会已然作古；
归鸟身披暮色
扑闪着灵动的翅膀，
像极了一行行伤感的诗句；
晚风吹来了
有点丝绸般的清凉质地
可我眼前的村庄
早已把炊烟遗忘

只好蘸着最后一抹晚霞
点燃乡野夜空的长明灯

2023.5.29

日　出

当太阳刚跃上
远方的山顶　河山就
抖擞起整个的精神
为喷薄而上的日出喝彩；

鲜嫩的晨光
激情似火，映照着
天边的朝霞　满脸绯红
如少女般娇羞的神情；

清脆的鸟鸣
隐没在茂密的林梢间
声声唤醒
梦意未尽的城市和乡村；

露珠泛着晶莹的光泽
像初恋情人的眼眸
闪烁着兴奋和欢喜，迎接
新的日子欣欣然来临；

青葱少年　伫立山冈
在黎明的霞光里
抱着细碎的风　想把
深深浅浅的心事说给她听……

2023.5.31

河边夜钓人

黄昏一声哨响
暮色就迅即起身
像一件深沉的黑衣衫
覆罩在梅雨时节的乡野
夜晚的岸边　吹来
微凉的风　刚才
还滞留在河面上的水雾
无影无踪　只剩
一河的星光倒映着
夜钓人镇定又急切的脸
一根根钓竿
伸展着修长纤细的身姿
由此，钓者的阴谋和心计
悄悄地在水面下潜伏
而蓝色荧光　聚焦在坠钩处
毫不掩饰那阴森的表情
不知道　哪些鱼儿
因为贪嘴而会成为猎物
众多的钓者

在自认为最佳的点位
布局设阵　气闲神安
枯坐如入定　静待鱼儿上钩……
那神情　那模样
像极了参禅的僧侣和修行的信徒
恰似
一边钓着星光
另一边钓着寂寞
一头钓着世俗的风尘
另一头是生活的闲适

2023.6.7

细雨中晨跑

晨起，细雨
江南梅雨季的俗套
清风，凉爽
难得暑夏的舒适气温
灰亮的云层簇拥着　天空
透出一副不喜不忧的脸色
俯瞰　奔跑的脚步
不时掠过撑伞的行人
连同雨水中的倒影迷蒙
沿途的风物　在人生中年的眼里
是一种别样的姿态：
平和，稳实和宽容……
这个时节，雨水丰沛，草木葱郁
鸟雀因此而啼鸣清亮
透着那份空幽　如同空气
丝绸般的滑柔　应和着
我奔跑中呼吸的节律
鸟儿依然在细雨中飞翔
那离巢和归巢　每一回

负载着育雏哺幼的责任和辛劳
那翅翼的扇动　每一次
抖落父爱和母爱的恩慈无数
此刻，不敢停下奔跑的脚步
怕那雨丝，化成思念的泪
模糊了我的双眼
看不清命中已定的前程

2023.6.19

星星和大海

星星对大海的真情
沉默无语
总是在夜晚表露
夜越深　爱也越明亮
穿梭在岁月静好的节拍里
只有路过的风知道

大海对星星的仰望
四季不眠
要么宁静如镜
要么波涛万丈　非得
让全世界都知晓
他的一片痴情无垠

2023.7.1

岛与海

岛：我用春日的满目青翠

映照你宽阔的面颊　口含春风

海：我用如水的柔情千尺

簇拥你俊俏的身姿　寸步不离

岛：我奋力踮起脚尖　愿做你的眼眸

在黎明远眺日出

在黄昏送别晚霞

让日子过得舒缓有序

海：我愿做你的使者

那封写给未来的信　已托付给风云

那些成长着的生命　阳光雨露会尽心滋润

从此风平浪静

岛：每一春的花开是悦你悦己的容颜

每一帧的秋色是终身与你厮守的盛装

海：每一朵浪花是今生献给你的微笑

每一次潮涌是我激情的拥抱

岛：我理解你有时候会怒涛掀天
海：那是因为我盛不下也忍不下人世间太多的愤怒
岛：我感念你碧波万顷的温柔以待
海：那是因为我从未也不忍心抛却对未来的美好憧憬

2023.7.1

山村的月光

我的记忆总是装着露重更深的清凉
这山村的月光，离我已经很久远
它　没有灯红酒绿的喧哗
也不会有搔首弄姿的诗情
于今而言，更是遍山的清寂和失落
只有那少得寒酸的几声犬吠
陪伴和点缀夜晚的梦境
让偌大的乡村沦陷于空旷和深沉

山村的月光，在我的心目中
历来是孤独的象征
无论是春天新绿蔓枝
还是深秋白霜初降
哪怕是清风吹过，朗月高挂中天
抑或冰雪锁深山，寒月独自驻守。
今夜，更像失恋中的少年
莫名虚度时光，而流年的转轮
偶尔漏下几声当下苦夏的哀怨

孩提时的记忆泛起涟漪
山村的月光与夜晚一并沉静
虽然夜未深，月亮才从东面的山头爬上来
劳作了一天的乡亲们却在疲惫中入睡
每个家庭都要为一家老小的衣食温饱
积蓄耕作田地侍弄庄稼所需的体力
进而，在汗水流淌中积攒起子女的学费
在并不肥沃的泥土里刨出女儿的嫁妆……

山村的月光里，有许多风露清愁
也收纳了许多人间的疲倦，此刻
有谁手握诗情的画笔在月光下描摹故乡
又有谁在夜晚的山岭上聆听大山的脉搏
有人却伫立在暑夏的涧溪边　迎着凉风
书写一封寄往童年的信函，在信中
并没有透露明天和未来的模样

2023.7.9

城里的月光

城里的月光比之乡村
有几分自我陶醉的资本
就像城里人那样显得高贵
诗情雅致作为副产品
闯进了人们琐碎的日子
煮酒抚琴　吟风弄月　品茶论道……
这月光，便有了
那份清雅的底气和格调

其实，借月亮附庸文雅
于文人墨客而言
并无酸滑迂腐的气息
这满街充斥着的逐利吆喝
给城里的月光平添
无数层市侩气的污浊
以致逊色于乡村的清亮透明

在每一个月夜
我就像一只沉默的夜莺

隐没于茂密的枝梢间
羽翼沾满月光和风尘
孤独地想念千里之外的你　是否
也曾满身惆怅不眠到天明？
何日再陪你，携手清风
在月光下翻阅爱情的诗文

2023.7.14

九寨的海子

九寨沟大大小小的海子
有如蓝绿色的宝石
镶嵌在山峦的衣襟上令人神往
又如瑶池从天宫跌落凡间
想在群山环抱中偏隅一方

九寨的海子　像是
一双双澄澈的眼睛
四季不眠　昼夜不闭
仰望日月星辰而波澜不惊
遥看风云际会且不喜不悲

当阳光明艳，它就收纳光阴
当明月高挂，它就照看月华
当雨滴落下，它就深情拥抱
当你前来探访，它就
掀起神秘面纱　盈盈柔情以待

九寨的海子　低调又谦逊

可每当第一片雪花降临
它就把世间的温暖细细收藏
而当第一缕春风到访时
它就荡漾起满山春色的涟漪……

九寨的海子　也盛着
许多世事变幻的时光皱褶
可在每一个星光月夜
依然有人　相隔千里万里
把梦和心事托付给它

2023.7.21

行走在夜晚的林荫道上

夜晚，在林荫道上
暑气的阵地失守了许多
此时，暗幽也更深一层
适宜行者将灵魂和盘托出
同未曾谋面的远方的你
促膝谈心，说一说
人世的过往、当下和将来……
不必忌讳有些人的谩骂和诅咒

我说，河水流淌着
昼夜不歇　浣洗
人间无尽的悲欢　而月光
依旧无动于衷，冷漠以对

你说，风的影子
顾盼生情　总是
在柳枝上逗留
等待着心爱的人抚枝呵叶

我说，我的衣襟上
落满江南的烟雨　也沾染风尘
而光阴的年轮锃亮坚韧
碾压邪恶和无耻从不留情

你说，这长长短短
宽窄不一的河谷
像极了森林的骨骼，在那里
留有稀疏的梦境深深浅浅

夜色，掩映我的思绪
在林荫道上越走越沉
远方的你　又在哪里
托举着心事　打开窗门
为我点亮一盏引路的灯？

2023.8.15

思绪在故乡的印记中游走

——临安指南村静描

应该说是慕名而来
想看看满山的红叶曼妙
在这个远近闻名的古村落
蜿蜒曲折的盘山公路
如一条玉带缠绕
牵手山里山外的烟火气
如心如愿

群峦簇拥　清风拂面
古树参天　民居古朴……
驻足凝望
远处的山巅雾气升腾
云山相连如仙境
近处山腰上梯田里的稻禾
开始泛起成熟的金黄
只因时序尚早　我想象中的
漫山红叶才刚动身
还在赶来的长路上

可我的思绪已然游走
在故乡的印记中　乡愁
在这里再次被复制
孩提时的岁月重新回归
当炊烟升起又飘散　我想起了
母亲在灶前忙碌的身影
那端上桌的饭菜　一粒一筷
饱含父母深深的慈爱……
如天如地

漫步村道　起伏弯曲
鸟鸣悠幽　访客接踵……
沿途众多的
麻栎树、银杏树、枫树等
呼风唤雨数百年
枝条依然挺拔遒劲
像是山中的神灵　护佑
这个山村历经沧桑变幻
在今日里焕发新生
试想深秋时节　当
满山遍野的枫叶飘红
银杏、麻栎树叶泛黄
如诗如画般　这将会是

一幅怎样的人间胜景？
日历翻动有声
岁月过往有序
在时光的转轴上
故乡是无法抹去的牵挂
那翠竹林深光影摇曳
那山路弯弯风清露白
还有田间地头劳作的身影
勾勒出深秋故乡的定格
如古如今

这口水井
数百年从未干涸过
使人啧啧称奇
井水　不仅高出地面
与井沿差不多齐平
神秘感油然而生
既对这古井　也对这村落
据传在多个干旱之年
这汲取不竭的井水　帮助
村民度过时艰并繁衍生息
想必　这当中
隐含着一种神秘的力量

井台兀自直立
井水清澈静默
从古至今　未有任何的诉说
可我明白　这井台边
曾经留下许多光阴的故事
这井水里
又有多少迷途的星光沉溺
自当以虔诚之心膜拜
像故乡在记忆深处时刻守望
如梦如真

2022.10.10

鹭岛谣

我想
借一副鹭鸟的翅膀
薄如蝉翼　带着梦想
在海上丝绸之路
启航地的上空飞翔
遥望郑和的船队
帆影远去，牵挂
随同潮起潮落
跋涉万里重洋……

我想
站在日光岩的晨曦里
簇拥温润的海风
泛起朵朵浪花微笑
回想水手们远航归来
疲惫又兴奋的身影
那一寸寸故土乡情
还有岸边期待已久的眼神
从此，如释重负

我想
借鹭岛的一方蓝天
伫立夕阳
在秋天的海岸边
梳理一下春日的往事
当缠绵秋雨中
湿漉漉的铃声响起
可有谁，会折柳相送
同我一道守护
日后的岁月和山河？

（厦门，别称鹭岛。2023 年 11 月上旬，杭州市委组织部安排市直机关连续三年考核优秀的公务员赴厦门休养，本人遂有此行。）

2023.11.16

江河的水

江河敞开着胸怀
不分亲疏混浊　日夜
汇聚细流涓涓　像是
接纳失散多年的儿女回家

大多数时候，江河的水
总是驯服有序
沿着各自的岸线行进
不会贸然翻越或冲破
岸基的束缚，当然
也从未停歇过前行的脚步
不改奔流到大海的执念
它们说，为了自由
沿途还供
人畜饮用　庄稼灌溉
草木润泽　鱼儿畅游……
留下一片好名声

可有时，又会兴奋过头

尤其有汛期大雨量的
撺掇怂恿，它那
日渐鼓胀的躯体　再也
藏不住那颗狂野的心
在某个时点，咆哮着
挣脱堤岸的束缚　狂奔乱突
毁堤溃岸，攻城略地……
如猛兽面目狰狞
如恶龙翻江倒海
顿时，变身为
人间灾难的恶魔
涂炭生灵的元凶！

江河的水
令人既爱又惧　这是
造物主的巧妙布局，也
塑就了尘世间的气象万千
但愿，我们
内心的江河里，不会有
狂飙的洪水泛滥

2023.11.28

行吟山水

每一阵风，都有归途
每一朵云，都有故乡
风儿是云朵的翅膀
相携着去往诗意的远方

每一滴水，都有力量
每一粒雨，都有思念
雨滴总是心情急切，想着
早些融入江河认祖归宗

每一条江，都有灵魂
每一座山，都有脊梁
江水顺着山谷翻晒心事
山峰从此同它不离不弃

每一株花，都有牵挂
每一棵树，都有立场
当花朵绚丽绽放的时刻
偕大树簇拥同一方天空

每一片雪花，都有向往
每一缕晨光，都有温度
雪花在黎明里安睡
晨光不忍踏入它的梦乡

2023.12.16

第五章

人 生 碎 语

日子里的甜

烈日下的劳作
汗流浃背　这汗水里
蕴含着人生的咸和苦
这时候　就让你我
想想日子里的甜　从此
不再埋怨命运的不公

日常的琐碎和烦恼
谁都免不了　争吵
时常会令人黯然心伤
此刻，请舒缓情绪
想想生活里的爱　就让
那怨愤　云散烟消

世事的江湖　布满
暗沟和陷阱　也充斥
尔虞我诈钩心斗角……
行走此间，也请我们
想想平常里的善

放松一下紧绷的神经

人生的旅途上　免不了
风霜雨雪的侵袭　还有
世态炎凉人情纸薄……而这
都得承受，那就
想想人世间的暖　用微笑
洗去肩头堆积的风尘

2023.10.18

那就写诗吧

从遥远的南回归线那儿
春讯已经启程
在近旁数株梅树的枝梢间
春意也开始蓄积欲放

那就动笔写诗吧

在写诗的时候
这个世界是一个人的
既会有月淡风清的轻悠
也有诗酒年华的惬意
聊一聊风花雪月的叙事
讲一讲踏雪寻梅的痴情
也可吐露深藏多年的秘密
说给曾经心爱的人听听
未必求得那时过境迁的回应
也可以描绘对未来的憧憬
谈谈人生半途的得失喜乐……
当然，自应在诗中

当一回歌者和舞者
用力舞动那山川河谷
如天籁回声无边
唱一曲荡气回肠的乐章
在天地间萦绕而直冲霄汉
让那写不尽的人间悲苦
从此随风而逝

在诗里，一个人的地盘
可以愤懑　可以呐喊
可以横眉冷对
也可以愤世嫉俗；
可以有家国情怀的豪迈
有心系苍生的悲悯
还应有清风明月的自得闲适
闻花香而识人情冷暖
观飞鸟而知风云际会
察流水而辨斗转星移；
当喜悦降临
就把那欢乐融进诗行
当春风吹来时
就让春色在字里行间跃然
当月上柳梢头

就写写爱情朦胧的景象
当雪花飘飞纷扬
那就用诗文歌颂纯洁的生活吧……

学着做一个写诗的人
努力成为一位有思考的诗人
那就尝试着写诗吧
不畏浮云遮眼
不被名利羁绊
不图风光无限　在心里
写出一个清朗天空
拥有一颗自由灵魂
如天马行空般在苍穹疾驰

2023.1.3

牵挂

有一种奔波，因为牵挂
有一种旅途，缘起乡愁；
有一种渴望，为了团聚
有一种念想，源自亲情

那飞奔的汽车，飞驰的高铁，
飞翔的客机和飞渡的轮船
满载爱和欢乐
在充溢喜迎新春的年味里
朝着自由的方向出发
向着幸福的远方前行
因为，那里
有一双双等候的眼睛
有一个个翘首以盼的身影

整整三年的新冠疫情　曾经
阻隔多少亲人团聚的步履
又羁绊无数欢乐的时光剪影
这里面，可知有

多少伤心的泪和离别的痛？
可明白　自由与健康
何等的可贵和至关重要！
此刻，让所有的忧伤
藏到将要降临的白雪背后吧

用牵挂作画笔，用思念当颜料
绘成至亲至情的工笔画
献给那家门口等待着的亲人。
让这一路的返乡归程
演绎成今世间优雅的往来
当黄昏咬碎山岭的时候
就尝一尝老母亲为儿女烧的饭菜
我知道，那是
这个世界最好吃的饭菜　因为
饭菜里注满了母亲深深的爱！

此时，风儿虽有些寒意
但恰是，阳光正好
梅馨庭院，春讯已经启程
我期待除夕的爆竹声声
送别过往的悲苦与烦恼
叩响春天花团锦簇的序章

听见了吗？
那春天赶路的脚步声！

牵挂是一条长路
需要用一辈子的光阴跋涉
牵挂是一幅长卷
需要用一颗感恩心才能读懂

2023.1.18

从不

百花从不单独为谁吐蕊
就像草木从不因为谁而凋零

黎明的曙光从不单独为谁降临
就像夕阳从不因为谁而逗留

生活的磨难从不单独为谁设置
就像时光从不因为谁而偏心

雪花从不单独为谁飘飞
就像寒冬从不因为谁而迟到

山峰从不单独为谁矗立
就像江河从不因为谁而停止流淌

世俗从不单独为谁改弦更张
就像月光从不因为谁而痛苦哀伤

这一路走来，有风　有雨

有阳光　也有温暖……
从不回头怨叹
从不好高骛远
也从不攀附高枝

寓居诗意的江南
拾掇日常的美好瞬间
用文字细心铭记
哪怕疾风骤雨
何畏酷暑寒霜
从不停下前行的步履

2023.2.2

选　择

风雨人生路
有许许多多的选择题
等着人们去作答
芸芸众生，谁能豁免？

合理的选择
需要智慧知识
需要经验阅历
需有人指点迷津
需有人出手扶持

选择，有时是两难境地
鱼和熊掌不能兼得
如若不当，顾此失彼
这里头，深藏着人生的学问

有时是自古华山一条路的唯一
别无选择，面对窘境
只能低头服膺现实；
有时是条条大路通罗马的自由

箩里挑花，无从下手
也会衍生出诸多烦恼

学业和职业
爱情和婚姻
命运和前途……凡此等等
均须选择，有的轻而易举
有的千辛万苦玉汝于成
有的一着不慎满盘皆输
有的命中注定天遂人愿
有的强求硬夺却误卿卿性命

凤择良木而栖
这是自然的禀性，求证不易
人择良友而交
需要擦亮眼睛，有识人的本事
溪择沟壑而行
借势地形落差，只是不求上进
云随风动而走
没有自主的方向，偶尔
遮天蔽日向人间耍耍威风

人生旅途有许多选择
可谁也不能选择生身的父母

天赋优劣无法选择
人说勤能补拙
那须用汗水和心血铸就

雨水过后的时节
梅花吐芳　风中含笑
草木重生　春山在望
这满世界里
欲望也在萌发
诱惑处处皆有
江河奔流　大浪淘沙
斗转星移　沧海桑田
人生的路途
均由一个个具体的日子累积
而紧要之处的几步
容不得有错误的选择
祈愿沿途有晴朗的天空
有花香悠幽相随

2023.2.21

譬如尘埃

人类之于浩瀚宇宙
极其渺小，譬如蚂蚁
人之于这个世界
又极其渺小和孤独，譬如浮尘
人生是一首含着微笑的悲歌
只是肩挑岁月的风雨
或喜或悲　路过人间

春光里，百花姹紫嫣红
灼灼明艳　绚丽多姿
激发人们内心的
那番诗意闲情和向往憧憬
可，也会有春风一场
掀起落英缤纷无数愁绪
也会有春雨绵绵
摧伤花瓣成泥满眼惆怅
有时候，偌大的天空
怀抱着众多忧伤的事物
也只是保持沉默无话可说

人生如山路
有直也有曲，有起也有伏
日子有四季
有春暖花开，有寒霜酷暑
不必过于纠结和焦虑
芸芸众生　譬如尘埃
人生旅程　有得有失
正像松开了的爱情
就不必再踏着露水去寻找

当夜幕笼罩时
要让自己的身体里填满月光
不必挂念那迷途的小鹿
如何穿过静静的春天?
当柳树牵来一阵风时
要将自己藏进无边夜色中
譬如浮尘　并以这样的方式
遥望久违的故乡

2023.3.17

孽　缘

一时的偷欢
从此，种下了孽缘
像春天的藤蔓疯狂生长
方向难以掌控
又像无形的绞索缠绕全身
有时难以轻松地呼吸
曾经的，那些
甜言蜜语
如胶似漆
海誓山盟
两情相悦……皆成
过眼烟云　无影无踪
可，这孽缘
像是一条阴魂不散的毒蛇
在时光的流逝声里
依然吐着信子紧追不放
即使在夜晚的梦中
避不开　躲不了
甩不掉　心慌慌

甚或反目成陌路
怨恨起内心
吵闹　互撕　晒网……落得个
洋相出尽　身败名裂
后悔不该当初，此时
可又有何用？
正所谓，这孽缘多像
一剂裹着甜蜜柔情的毒药
一个带着美丽光环的索套
而在这世间，总是有人
心怀侥幸并自投罗网？！
不为情　不为爱　只因欲

2023.3.21

等　待

那一年，你去了远方
从此，我的眼眸
成为一个等待的瞭望台
时不时地向着
那个熟悉的街口张望
期盼在春暖花开的时候
你依然会回到我的身旁

年少的青春不知忧伤
我去往有风的地方
聆听春天呼吸的声音
一并打探你的归期
就这样等着、等着……
风儿无形无影
却已把我的鬓角吹成了霜

在柚子花香浓郁的夜色里
我心中的孤独
隐没在蛙声的起伏中

也孤单了这座城市的月光
我的思念绵长　难以入眠
你屋檐下的风铃声声
试问远方的你
可曾安然入梦？

2023.4.18

无话可说

春夏之交的时候
气温有点凌乱
有时是春天的曼妙
有时又是夏季的赶脚
令人无话可说
就像世间的某些事
被少数人玩弄于股掌
有时候，还戴着
一副冠冕堂皇的面具
旁观者的看客心理
是众人无话可说的表情
无话可说
并不是真的没话可说
有时是不想多费口舌
有时是没必要说
有时是说了也白说，不如不说
有的因为事不关己高高挂起
有的源于明哲保身爱惜羽毛

有的则忧被穿小鞋日后难过……

沉默，有时也是一种抗争

2023.5.11

微信朋友圈

拜网络信息技术进步所赐
你我都拥有
一个圈，要么在此圈
或者在彼圈，圈内和圈外
网络信号做纽带
全天候，二十四小时不打烊；

这个圈，有时变身讲台：
为人处世的信条
修身养性的哲理
古今中外的启示……
心灵鸡汤一碗又一碗
全免费　可以从早喝到晚；

这个圈，偶成观景台：
山川草木　飞禽走兽
气象地理　风景名胜，还有
帅哥靓妹　美食奇珍……
上天入地　免费周游世界

脾胃生津　大饱眼福口福；

这个圈，也属营销台　展示的
既有商品　还有服务项目
琳琅满目　眼花缭乱
林林总总　真假难辨……
有的人也借此　赚得个
盆满钵满　偷偷地乐；

这个圈，其实水不浅
有的每日必打卡　投喂
有的擅潜水或是默默刷屏
身为领导者尤如此
偶尔冒个泡　点赞和评论
满屏生辉　亲疏立见；

这个圈，宛若大秀场
芸芸众生粉墨登场
晒恩爱　秀才艺　炫品质
如逢节日　隔空
献孝心　送亲情　颂感恩……
顿觉这世界充满了爱；

这个圈，恰似时光研磨机
穿过了多少春夏秋冬
送别无数的日暮晨昏
晴也好　雨也罢
寒暑凉温交替中，串演
一幕幕人间的喜怒哀乐！

2023.6.14

列车站台

列车的站台
无论风里雨里　昼夜醒着
重复迎来送往的剧情
在人们上车和下车之间
完成一次离别与相逢的轮回
对有的人而言是起点
带着期待向远方前行
旅途的风景可能风雨如晦；
有时则意味着回归
肩披一身世俗的风尘和疲惫
而要完成心灵的剃度尚需时日；
有的仅只是半途的停靠
漂泊的身形依然靠不了岸
那山川河谷和星光知道

那一天，在这个站台上
瘦弱的风吹着我
落日，则滑进了你的眼眸
云朵并未在一池春水里逗留

而桃花很是谦逊，竟然
倾斜着身子给春风让路；
当你踏进车厢的那一刻
我无法对折翘首以盼的眼神
思忖着：当落叶金黄
日子清瘦　芦苇
也被霜雪染得苍老之时
我会站在此地等你归来
并虔诚地向秋天和神灵赎罪

2023.7.24

短章：行将花甲

1

时光
在我的额头刻下皱纹
又把隐约的霜雪堆在鬓角
不敢回望旧岁匆忙

梦想
一直就栖息在枝头，独自
结伴日月星辰
陪我一路前行，从未缺席

2

情感
五味杂陈，不只有甜蜜的记忆
有时　像一滴流浪的眼泪
在心河里暗暗激荡一生

你
我终于遇见，那时

正值花团锦簇的初夏，从此
携手登上这艘婚姻的渡船
向人生的彼岸进发

3

个性
在时间的河里被冲刷
从前的刚直已然不合时宜
所有的一切
逃不脱烟消云散的结局

平和
在特定的语境中利于养生
不争不妒　不怨不嗔……
云淡风轻的内心
自会护佑每一个晨昏

4

双亲
年迈，可慈祥更厚重
丝丝白发里　依然满溢
对儿女无私的爱

故乡
我的牵挂，因为
那里的日出和日落，肯定
同都市的拥挤和喧嚣不一样

5

失眠
时而扰访，那就数星星
数春夏秋冬里的愁苦喜乐
就数数爱妻熟睡的鼾声

夜色，此刻
并无厚此薄彼　照例
覆罩着城市和乡村
不知可否　把曾经的忐忑
和数十载的风尘在里面隐匿

6

青山
挺着腰板，神情肃穆
注视来来往往的人　而
那些自作多情的逗留
并没有引起它过多的在意

溪水
流啊流，像有流不尽的心事
行将花甲的人生
虽如沧海一粟般卑微
也应泛起几朵小小的浪花
在夜晚，向明月致敬

2023.8.11

夤夜的窗前

我翻越梦境
来到你的窗前
微凉的风里　又闻到
熟悉的淡淡胭脂味
只看见在空中
一只风灯告别夤夜
向远方飞去
你冷漠以对的身影
让那夜莺也停止了啼唱
我的心似流沙　顷刻
被无情放逐
如在夜色中遭遇雪崩
任凭那眼泪去流浪
在时间的河里失魂落魄
孑然挣扎　不知能否
等来下一个黎明?

2023.8.18

彼时，此时

彼时，是一个富有
适合做梦的月光和青春的年纪
在彼此的眼里，所有的事物
都年轻——
太阳和花蕊年轻
河流和山峰年轻
爱情和理想年轻
林间的鸟鸣也年轻……

彼时，你是一位稚嫩的
诗者，刚开始在诗路上起步
步履蹒跚，那诗句中
一排排列队成行的字词
面抱羞赧，如初升的霞光
又像湿漉漉的朝露　青涩滴漏
铺满了山乡的野径
也流过一路往东的溪河。

此时，你身披繁霜和风尘
牙齿老了，眼睛老了，
腰腿也渐渐老了，当然

彼时暗慕的女孩也老了……
站在当下时间的河岸边
回溯旧时的旅程，那是
一半清醒一半混沌的记忆
镌刻脑海深处的　恰恰是
而今无法翻越的梦境

此时，天空刚放亮
勤劳的烟云，昼夜不歇
依旧忙碌着
在树林的空隙间穿梭升腾
可烟消云散的结局
其实不会太久远　你
终究会明白：
彼时，只是过往的此时
此时，将成日后的彼时……

此时，那群容颜各异的
彼岸花，在公园里
正开得如火如荼

2023.9.5

遇　见

傍晚，遇见
天空降尊纡贵
被云层压得很低
有点喘不过气

在梦里，遇见
疲惫的灵魂
一如忙碌的日子
等风生水起

秋日，遇见
雨滴，我把秋声盛进杯中
并用慈悲　锁住
行将到来的风霜

野溪边，遇见
流水走得很远，可再也
回不到出发的故乡
如你我的离别

2023.9.18

蛛网

在人类的眼里，
似乎很脆弱，
若有疾风骤雨侵袭，
往往不堪一击。

蜘蛛独坐中军帐，
掩藏杀机，不露声色，
路过的风儿却知晓，
可无法挨个告知，
那些莽撞的小家伙。

蛛网，于小昆虫而言，
那是名副其实的陷阱，
也是大杀器、鬼门关
如若中招，小命休矣。

只因这张网，
难以计数的小生灵，
成为蜘蛛盘中餐、腹内食，
抑或是下午茶、开胃菜……

这张网，
是蜘蛛的一片领地，
可谓它的私人房产，
也是它用以猎捕食物
并赖以生存的工具和武器。

这张网，
也可称得上是一件
富含结构力学原理以及
创作灵感的艺术作品。

这张网，方能
让蜘蛛过上安稳的生活，
拥有舒坦的日子
闲时又可抚风望月。

试看这世间，
名缰和利索编织成
一张欲望的大网，
无形无边也无影，
芸芸众生熙攘奔波，
可有几人能脱逃？

2023.10.13

额头的皱纹

额头上已布满皱纹
深深浅浅　粗细不一
这，是日子堆积的记忆
编织平淡生活的经纬线
也是岁月滑过的轨迹
印铸在人生旅程上的年轮
这里，淌过风霜雨雪
承载过阳光温柔脉脉含情
也是曾经的时光
犁出沟坎罅壑纵横连绵……
我看见，迟暮的春日
落在了蜗牛的背上
慢悠悠地前行
像极了你我前世往生的修行

飞逝的光阴，昼夜不歇
额头的皱纹里
充盈着追忆，曾经
拥有宿醉的青春、健硕的酡颜

披着一袭江南的薄衫
糅杂清新澄澈的空气
在群山之巅
遥望内心的江山千里
那时候，你
那初春的衣角浅绿
让世间的万物生机蓬勃
今天，我梦想
有一对翅膀，轻柔如蝴蝶
催促流云去追问
秋风会落脚何方？

2023.10.31

只听到一种声音

旷野广阔无垠
有风吹过
辽远的天空注视着
欲言又止
这个时节，春夏交接
只听到一种声音
即便有鸟鸣婉转
蛙声四起　甚至还有
风声雨声雷声
不时穿过耳膜　而我们
只能听到一种声音

呼吸的空气是自由的
花儿依旧按时序绽放，也是
一副自由自在的模样
河水依然清澈
鱼儿偶尔跃出水面
瞥一眼岸上草木的神情，
在夜晚，总是

饱饮倒映的满天星辰
而此时，
只要我们张口
也只能说出一种声音
或者，就选择默不作声

2023.11.15

自由的天空

还有比自由的世界里
能自由地呼吸
可以自由地行动
想见就可见自由的天空
这般轻松的境况?

曾经令人恐惧的新冠病毒
肆虐整整三年
如今终成强弩之末
让这个多灾多难的人间
稍稍舒了一口气
行程码、场所码、健康码
这码那码的悉数退场
核酸检测的暴利宣告终结
自由的气氛也随之而至
解脱了基层干部的疲于奔命
松绑了陷于停滞的经济命脉
去除了限制出行的无形束缚
消除了人为施加的恐慌心理……

这人世间的城市乡村
街巷里弄　店铺酒肆……
满血复活　指日可待
社会的每个细胞
又将注满自由的气息
久违了的烟火气
也会再次弥漫升腾
而都市里的车水马龙
川流不息的繁华喧嚣
开始在你我的目光注视中
如往日般复归　活脱脱
像一个个无形的神灵
在自由的天空下赞美颂唱

让你我用充实的内心
静静地守着山水流云
远望柔风　一遍遍
温情地涤荡晴空
忘却这条时光的河流里
曾经盛满世间过往的悲苦
自由地呼吸吧!

2022.12.5

一颗老牙的告别

这一颗老牙，同我
朝夕相处，四十余载
唇齿相依，今日宣告
跟我分离　它的
使命终结　也告知自己
向衰老更近一步；
心里的伤感和叹息
也随冬季的冷不约而至
感念它　如此兢兢业业
为了我的生命成长和健康
无私奉献这么多年；
对于它的离去，我必须
致以敬意和感恩
而且要发自肺腑　诚挚地
说一声：谢谢！

一颗老牙的告别
仅仅是往后余生的小花絮
那花甲之年的门槛

即将跨过，我的鬓角
也早已是白雪皑皑
我是城市里的行者
一路风尘仆仆　就像
那苔藓在日子的台阶上
隐秘地生长着
如同我额头深深浅浅的褶皱；
我看见，夕阳里
故乡的炊烟袅袅攀升
想同云朵去认个亲

衰老无人可避
天道使然　就像这颗牙
终究离我而去
可人生还须继续前行
沿途的离别难免，那就
不悲不喜　不卑不亢

2023.12.6

戏　台

霜露白了
枫叶红了
时光在季节的戏台上
卖力地串演
冷暖自知的独角戏；
当寒冷裹挟世间
每个人都没有停止表演
在这人生的大舞台上
自古就有亿万的角色
你唱罢来我登场
从来就没有消停过
内容角色千百变
眼花缭乱真假难辨；
有的戴面具
有的善变脸
有的会察言观色
有的能巧言令色
有的会附和
有的可屈膝

有的刚直正气
有的勇武无惧
有的聪慧
有的愚拙
有的富甲一方
有的倾国倾城
有的显赫
有的卑微
有的豪迈如大江
有的内敛作茧缚
有的为人师表
有的遗臭万年
有的慷慨
有的吝啬
有的风光精彩
有的平庸平凡……
在这个戏台上
每个人都是主角
同时也为他人当配角
这出戏　于个体而言
有长有短　有快有慢
有起伏变化　有考验拼搏
有可能出彩

有可能暗淡　正如
众生芸芸像草芥
随风吹过　这世界
不会有过多的关注；
岁月并不因你
在与不在而改变节奏
季节也不会为你
更改既定的时序交替
就像这冬日的寒潮
照例侵袭江南的万物；
此刻　若能迎着寒风
让心情在云端放牧
俯瞰林间草木的神情
也不失为一种人生的洒脱

2022.12.13

后　记

生而为人，能与诗歌相遇就是上天莫大的恩赐。人生一路有诗歌作伴，实乃幸运愉悦。

在西泠印社出版社的鼎力支持下，我的第三部作品集《日子里的甜》即将付梓，内心甚为宽慰。书中共收录近年来所创作的诗歌一百余篇，分岁月颂歌、时光剪影、馨香寄情、河山抒怀和人生碎语5个章节编排，记载了我工作、生活中的所思所想所遇所感，以期同广大读者共享。

当下，习写诗歌已是我日常生活中密不可分的一部分。我的生命在延续，我的观察和思考也同样在持续，这是我创作诗歌的精神源泉和内生动力，从而也使我成为一个与诗歌关系密切的个体。

从多年来习写诗歌的直观感受来看，我觉得诗歌创作是一种情感寄托和精神安慰的过程，是诗人以这种小众的文学艺术方式，对某个时点、某个事物在思想感受、观点看法等方面的心理活动的展现。当然，诗歌从来就不是、今后也不可能成为谋生的唯一手段，更多的则是诗人在人生旅程中锦上添花的点缀或插曲，如若期望诗歌能许诺给予诗人以荣华富贵，那就是异想天开、痴人说梦了。

当然，诗歌能使诗人实现自我的心灵宽慰，这主要得益于诗人对诗句的字斟句酌、精益求精的虔诚态度，以及对表述自己思想情感所使用的诗歌语言而持有的那份真诚。因此,把诗歌称作语言艺术的最高形式,并不为过。多年来,我所创作的诗作虽然在篇幅上有长有短,但我在初稿写成后,并不是就置之不理,而是都会认真进行润色和修改,有时甚至会为某一个字或词如何更贴切生动或者更有诗韵,进行数番推敲和调整。这就是诗歌的文字虽少,但诗者倾注的心血和思考并不少的缘由。

这些年,诗歌给予我平淡的生活以轻快的节奏和充实的厚重。读诗、写诗,进一步使我拥有年轻的心态、丰富的情感、文学的熏染、生活的激情和精神的愉悦。每一首诗都展现着我对生灵万物的善意解读和人间愁苦的怜悯体恤。多愁善感也好,喻物言志也罢,愤世嫉俗也算,空想憧憬也行,但这些绝不是自作多情或无病呻吟。

我所创作的诗歌到底有无魅力,是否能感染读者,引起心灵和情感的共鸣,这须由读者们来评判,当然不同的人因不同的经历和角度,对同一作品也会有不同的感受和认知。但作为创作者,无论过去、现在和将来,我都会一如既往地用心用情去对待每一篇诗作,在诗歌的字里行间倾注自己的心血和真诚,并借由诗歌这个载体和通道,辟出一片属于私人的空间及领地放飞自我。

我要感谢诗歌,感谢它的一路陪伴,那一篇篇诗作为我呈现出如此丰富的记忆,足以弥补生命中因时光流逝而带来的遗憾。诗歌写作使我能保持个性独立、人格自由和思维活跃,带着“宠辱不惊,闲看庭前花开花落;去留无意,漫随天外云卷云舒”的平和心境,妥善看待和处理日常工作生活中遇到的人和事,做到锦上添花

的事乐意办，雪中送炭的事尽力办，过河拆桥的事绝不做，落井下石的事绝不干。坚持知足常乐、助人为乐、自得其乐。

祈愿往后余生诗意充盈！这山高水长的日子，让我以诗歌的视觉去观察，用诗歌的语言去描摹，尽心构筑一个“春有百花秋望月，夏有凉风冬赏雪”的诗意境界，从而使自己在平凡绵长的岁月里始终不缺暖暖的人情味和浓浓的烟火味，也不枉在这幸福和苦难交织着的人间不紧不慢地走一遭。

晨曦

2024 年 4 月